U0141550

GAEA

# Gaea

# 乩身II

5

## 陰間海港裡的千足怪

星子——著

# 乩身 II


楔子 …… 05
陰間海港裡的千足怪 …… 09
後記 …… 281


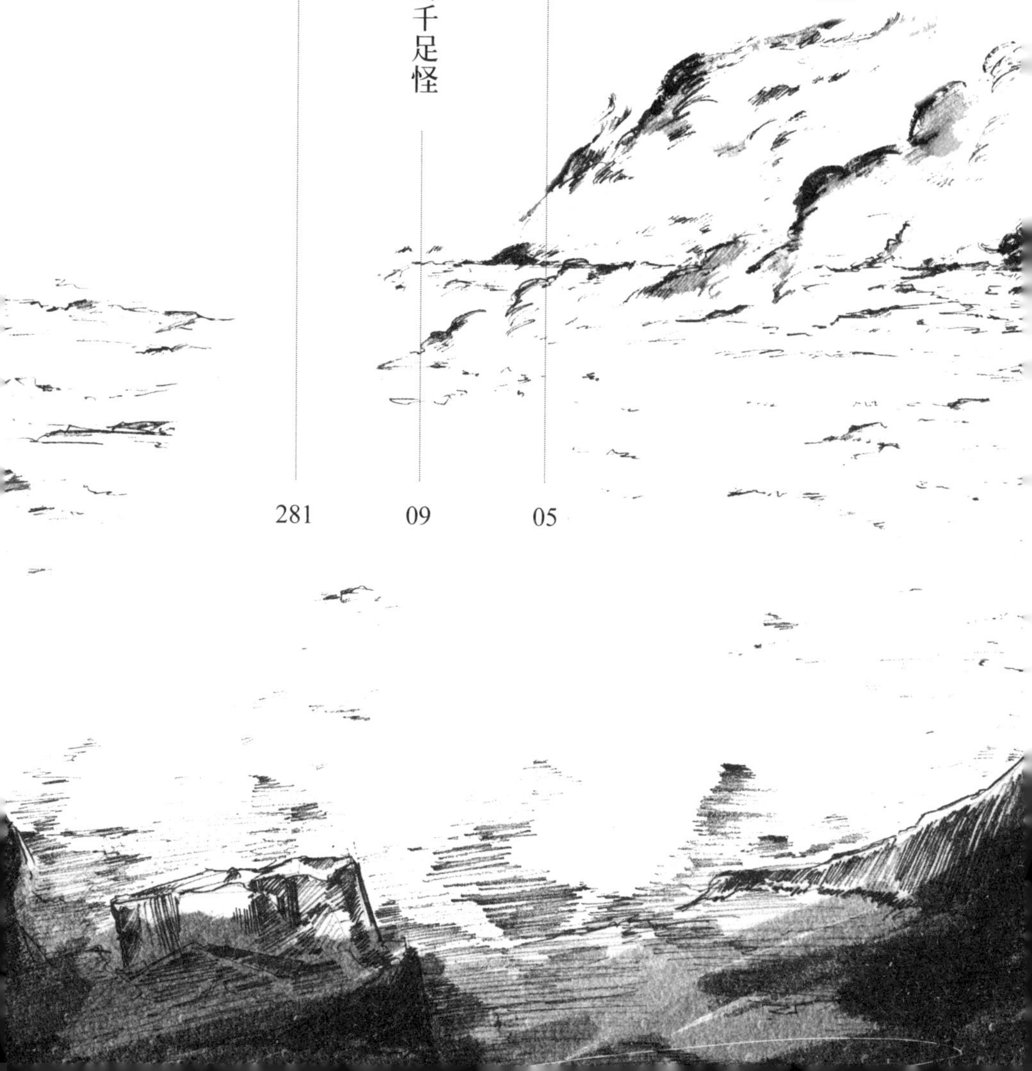

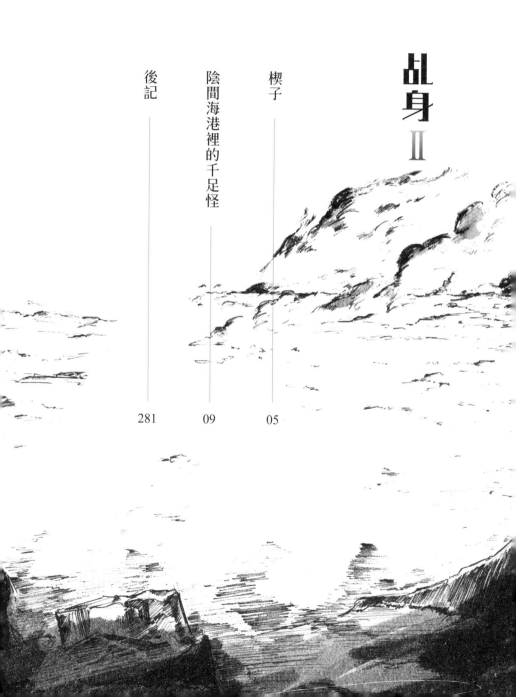

# 楔子

「你長得黑漆漆的，以後叫你黑皮好了。」

家瑋蹲在自家公寓頂樓的雜物堆前，摸著伏在他腳前舔他腳趾的小黑狗腦袋，心裡有些感動。

數天前，他在放學途中遇見了瑟縮在角落的黑皮，國小三年級的他謹記著老師說過的話——別亂摸、亂抱路邊的幼犬，因為出外覓食的狗媽媽，回來聞到幼犬沾上了人類氣味，可能就不要孩子了。

但一連過了兩天，狗媽媽依舊沒有回來，眼見黑皮虛弱得連眼睛也睜不開了，家瑋這才將黑皮藏進書包帶回家。

他將黑皮藏在樓頂。

樓頂鐵皮棚下堆滿雜物，家瑋在雜物堆深處整理出一塊小空間，當作黑皮的家。他那小腦袋瓜無法考慮太遠，只是無法眼睜睜地看著這無助的小傢伙虛弱致死卻毫無作為。

他每晚帶著剩飯上樓，與黑皮玩耍，再趁隔天上學時，上樓將黑皮的糞便裝進袋裡，帶去學校丟棄。

他看著黑皮一天天長大，心中有種說不出的雀躍和感動。但好景不常，黑皮愈漸健康活潑，叫聲也變得宏亮，不再像剛帶回家時僅能張嘴發出氣若游絲般的嗚咽聲。

一天早上，宿醉的爸爸被黑皮的叫聲吵得循聲找上樓，將黑皮逮個正著。爸爸揪著黑皮的尾巴，將黑皮從雜物堆中扯出，被黑皮扭頭咬了一口，氣得將黑皮砸在地上，抬腳踩斷了黑皮的脖子。

爸爸提著斷了氣的黑皮，走下樓，惡狠狠瞪著站在門口發抖的家瑋問這隻狗是不是家瑋偷養的？

奶奶站在家瑋身後，伸手按著家瑋肩頭，說黑皮是她養的。

爸爸指著奶奶的鼻子破口大罵，稱上次向她要錢說沒有，現在卻有錢養臭狗，足足罵到上下樓鄰居開門關切，爸爸這才將黑皮的屍身砸在奶奶面前，然後自顧自地回房睡覺。

奶奶要家瑋洗把臉去上學，自己默默收拾黑皮的屍身。

家瑋淚流滿面地洗著臉、淚流滿面地揹著書包、淚流滿面地上學。

他放學返家、放下書包，一如往常地去奶奶的麵攤幫忙洗碗打雜，一見奶奶，眼淚又滴答落下。

奶奶對家瑋說，她將黑皮葬在後山，要家瑋以後別再帶小東西回家了——畢竟家瑋爸爸連自己的母親和兒子，都當成狗般動輒打罵，怎麼可能善待其他動物呢。

家瑋點點頭，說知道了。

# 壹

這條曲折狹長的防火巷，即便在正午時分，也因兩側老舊公寓那交錯林立的遮雨棚擋住了陽光，顯得陰森晦暗，此時接近黃昏，防火巷裡暗得如同夜晚。

家瑋盯著腳下那隻黑黝黝的怪東西，一時不知該拿牠如何是好。即便是在電視裡，他也沒見過這種動物。與其說是動物，不如說是怪物——這小傢伙體型接近初生幼犬，頭是狗頭，頸下卻生著貌如猿猴般的軀幹和細小手腳，屁股還拖著一條細長尾巴。

小怪物瞪著兩枚大眼睛，可憐兮兮地望著家瑋，一雙生著黑毛的細瘦小手扒著家瑋的鞋子，像是在求救或乞食。

家瑋與小怪物對望了一陣，緩緩蹲下，從口袋取出他吃剩的半包零食，捏出一枚，往小怪物嘴巴遞去。

小怪物張嘴咬下，嚼得喀啦嘎啦，兩隻眼睛閃閃發亮，盯著家瑋手中半包零食，口水不停滴流。

家瑋將剩餘的零食全倒出來，小怪物立時撲上大快朵頤，身後那猴尾巴竟像狗尾巴般甩動起來。

家瑋覺得這小怪物模樣古怪，但若只看那顆狗腦袋，倒和黑皮有幾分相似——這令他忍不住伸出手，想摸摸小怪物的腦袋。

但他在手指觸著小怪物腦袋的前一刻，想起半年前黑皮的下場，便又縮回手，緩緩站起，轉身離去。

他走出防火巷，左繞右拐了好大一圈，來到奶奶的麵攤，和奶奶打了招呼、洗了手，便開始幫奶奶洗碗打雜，讓站了一整天的奶奶，得以暫時喘口氣。

客人較少時，家瑋便會挑個無人角落寫寫作業。

奶奶本來不願讓家瑋每天來麵攤幫忙，而是更希望他安穩地窩在家中讀書寫作業，但這時候他爸爸不是在睡覺，就是剛睡醒渾身起床氣看什麼都不順眼，家瑋待在家裡，恐怕比窩在她身邊更不「安穩」。

「阿瑋，差不多了，先回家吧。」奶奶這麼說，將一大袋鼓漲漲的小菜遞給家瑋——那是她替家瑋爸爸準備的下酒菜，其中幾樣還是她抽空向其他攤販買來的。她這小麵攤的小菜種類本就不多，要是生意稍好，其中一、兩樣賣完了，家瑋爸爸會嫌下酒菜太過寒酸而大發雷霆。

家瑋接過小菜，向奶奶道別，轉身回家。

從這小麵攤到他家，差不多五分鐘路程。

但家瑋總是花費十幾分鐘才到家，因為他繞遠路。

因為他想避開阿牛。

阿牛是他的同班同學，家裡開牛肉麵店，時常埋怨家瑋奶奶那便宜小麵攤搶了他家牛肉麵店的生意，在學校裡動輒找家瑋麻煩。

其實家瑋真正怕的不是阿牛，而是阿牛那位校內大哥基泰。

基泰大阿牛兩歲，是高年級學長，基泰的爸爸是地方角頭，如今生意越做越大，在外縣市也小有名氣，地方鄉親見到基泰爸爸，都鴻爺長鴻爺短地喊他。

鴻爺喜歡阿牛家的牛肉麵，三不五時就帶著家人、兄弟捧場，阿牛爸爸總是派阿牛畢恭畢敬地奉上免費小菜和冷飲，給足了鴻爺面子，因此基泰在學校裡也特別關照阿牛。

阿牛平時放學後，會坐在麵店角落寫功課，他身子圓胖，一雙小眼睛卻精得像隻老鼠。若阿牛發現家瑋路過門外，便會悄悄跟上去揪他頭髮，或是大力搧他一巴掌，又或是故意將他準備帶回家的小菜弄掉在地上，然後心滿意足地返回店裡。

這便是家瑋繞遠路回家的原因。

也是家瑋對鄰近老舊公寓群裡，那錯綜複雜的防火巷弄瞭如指掌的原因。

家瑋在防火巷裡繞轉了半晌，在一處岔路前停下腳步，似在猶豫著什麼。岔路左右都能通往他家，但左邊那條路，是他今日來時的路。

家瑋忍不住想起那隻長得和黑皮有點相似的小怪物，此時怎麼樣了？

小怪物肚子餓了嗎？

小怪物會孤單嗎？

小怪物為什麼獨自在黑漆漆的防火巷裡，是因為媽媽不要小怪物了？

那不就和他一樣嗎？

家瑋搖搖頭，不一樣，他還有奶奶——這是他當初將黑皮帶回家的原因，他還有奶奶，但黑皮沒有。

家瑋想到這裡時，不知不覺已經轉入左側巷子，一步步往前，來到了今天下午見到小怪物的雜物堆前。

「哈囉……」家瑋緩緩蹲下，輕輕搖了搖手上的塑膠袋，壓低聲音說，「狗狗，你在嗎？」儘管知道小怪物不是狗，但此時除了喊他狗狗，也不知道能喊他什麼了。

小怪物緩緩探出頭，腦袋哆嗦個不停，兩隻眼睛青亮亮地望著家瑋。

家瑋來到小怪物面前蹲下，揭開塑膠袋，捏出幾塊滷味拋在小怪物面前，喃喃說：

「我奶奶滷的豆干很好吃喔。」

小怪物顫抖著從陰影中走出，家瑋這才注意到小怪物的下半身慘不忍睹，屁股和雙腿上滿是齒痕，毛髮濕濡濡的，走起路來一跛一跛，彷彿不久前才從野狗口中死裡逃生。

「你受傷了……」家瑋有些緊張地望著小怪物，卻見小怪物怯怯地撿起地上的豆干塞了滿嘴，再快速縮回陰暗角落，一面嚼，一面四顧張望，像是擔心嘴裡的食物會被搶去一般。

家瑋往小怪物的藏身處拋去更多食物，只見小怪物的胃口彷如無底洞般，不論他拋去多少東西，都會立時被小怪物伸手抓起塞入口中，亂嚼一陣後嚥下肚去。

當家瑋驚覺袋裡剩餘的滷味似乎不夠爸爸下酒時，不由得緊張站起，將塑膠袋綁實，忐忑不安地轉身回家。

小怪物搖搖晃晃地走出陰暗角落，望著家瑋離去的背影老半晌，又躲回雜物堆裡。

但十餘分鐘後，家瑋又來了——今晚爸爸和朋友喝酒去了，不在家。

家瑋提著一只小急救箱，在窄巷雜物堆前喊出了小怪物。

「會有點痛，你要忍耐一下，不消毒的話，會發炎喔……」

家瑋捏著礦泉水瓶，簡單沖洗小怪物的屁股和大腿，接著拿棉花棒在小怪物臀腿傷口上抹了些碘酒，然後裹上紗布——這流程他再熟悉不過，奶奶總是這樣替他消毒，不管是在學校裡被惡霸欺負的傷，還是在家裡被爸爸打出的傷，只要經過奶奶這般消毒包紮，傷口很快就會癒合。

「結疤的時候會有點癢，但是不要亂抓，不然又會流血……」家瑋這麼說時，還下意識地搔了搔膝蓋上剛癒合不久的傷——那是上週他在學校被阿牛從背後推了一把，撲倒在地上時，摔出的傷口。

當時他只回頭望了阿牛一眼，眼神中充滿了無奈——奶奶過去替家瑋消毒傷口並上藥時，總是告訴家瑋，別和欺負他的人計較，等將來長大，找了份好工作，欺負他的人就不會再欺負他了。

到那時候，爸爸也打不動他了。

「你長得黑漆漆的，跟黑皮有點像……以後我就叫你黑皮好了……」

□

接下來一個多月，家瑋每天上學時，都會繞去小巷裡，與黑皮分食自己的早餐，晚上也會帶著奶奶麵攤的小菜餵食黑皮。

黑皮的生長速度快得不可思議，僅一個月時間，站起身時，腦袋已接近家瑋胸口，嘴裡一枚枚尖牙，比尋常野狗的牙更長、更銳利。

「這裡快住不下了……」

家瑋覺得黑皮平時藏身的雜物堆空間，對現在的黑皮而言，實在太小了，雖然黑皮總能像是某些蒐奇節目裡的軟骨功奇人般，將身子扭成不可思議的姿勢，擠回空隙內躲藏，但家瑋還是覺得必須替他找個新家。

一天晚上，家瑋趁著爸爸再次外出喝酒、奶奶尚未收攤之際，來到小巷裡，將黑皮裝進背包，揹去學校後山的一間小廟。

學校老師過去不只一次告誡過班上同學，平時別接近那間廟。

那兒時常聚集著一群向廟公討要明牌的三教九流之徒。半年前，一個輸了錢的傢伙，酗酒嗑藥之後，不但持刀刺死廟公，還像隻食屍犬般，伏在地上啃食廟公屍首，將一票酒友嚇得趕緊報警。

那傢伙在警方趕到之前，提著汽油躲進廟裡，說要將害他輸錢的神明燒了，結果反而將自己活活燒死。

家瑋曾聽爸爸和朋友講電話時聊到這件恐怖命案，知道那恐怖凶案被一群賭客繪聲繪影地傳播開來，他知道這歷經火焚的小廟外觀駭人，短時間內應該沒人敢接近這地方。

黑皮似乎很喜歡這裡，家瑋一將他放出背包，立時東奔西竄，一眨眼便攀上一棵樹，下來時一手抓著幾隻蟲子，嘴裡還塞著幾隻。

□

「這個是不是你？」

學校廁所裡，基泰領著一群人圍著家瑋，向他展示一段手機影片。

家瑋望著基泰的手機，搖搖頭說：「不是。」

「不是？可是怎麼看都是你啊！」基泰揪著家瑋的頭髮，將他的頭臉拉高些，把手機擺在他臉旁，仔細比對一番。

影片裡，天色黯淡，漆黑小土地公廟外有兩個小孩，一個穿著校服，另一個則穿著童裝，兩人在幾棵樹下嬉鬧追逐。

「就是他啦！」阿牛在一旁幫腔，說：「那天我一路跟蹤他過去的，他在那邊跟那個怪物玩到天黑，我有點害怕，所以先回家……」

由於家瑋平時總是繞遠路回家，阿牛有時好幾天都沒能堵著他，前些天心血來潮，直接去麵攤附近守株待兔，見家瑋提著小菜返家，便悄悄跟在他身後，想找個機會推他一把，最好讓他手上的小菜撒個一地，過過癮——但見家瑋不是返家，而是往後山走，不由得覺得奇怪，一路跟去，才發現家瑋在小廟外和一隻怪模怪樣的傢伙玩耍。阿牛以為家瑋被山上的魔神仔迷著了，幸災樂禍地拍下影片準備之後取笑他，但越想越害怕，回家也沒敢和其他人說，甚至在學校見了家瑋，都不敢再捉弄他，就怕那魔神仔轉移目標找上自己。

直到這兩天，阿牛聽基泰抱怨家裡養的怪物走失了幾隻，爸爸為此大發雷霆，阿牛這才驚覺家瑋那天牽著的小傢伙，原來不是魔神仔，而有可能是基泰家走失的怪物，便給基泰看了他拍的影片。

「真的……不是我……」家瑋仍然堅持影片裡的傢伙不是他。

「不是你就算了。」基泰哼哼地放開家瑋，領著嘍囉離去，隨口抛下一句：「回家我叫爸爸派人去抓那怪物。」

「抓到怪物之後要幹嘛？」嘍囉們圍著基泰問。「你爸爸還會繼續養嗎？」

「不知道……」基泰隨口說：「會逃家就不乖了，不聽話的怪物，我爸爸應該不想要，大概會被安樂死吧。」

□

放學後，家瑋用最快的速度趕到小廟。

他得替黑皮找個新家了。

但他才剛走近小廟，就聽見身後發出了笑聲。他回頭，倒吸了口冷氣，是基泰和幾個嘍囉。

「我說得沒錯吧！」阿牛扠著腰，得意大笑說：「這個笨蛋超好跟蹤的。」

「……」家瑋沒說什麼，拔腿就往小廟衝，但他個頭矮小，跑步不快，剛奔到小廟前，人高馬大的基泰已經追到他身後，伸手撈著他後領，將他揪個正著。

「你跑什麼跑？」基泰大力搧了家瑋的腦袋一巴掌。

「我……」家瑋摀著頭，支吾搖頭。「沒有……」

「你還裝！你再裝！」基泰揪著家瑋後領，一下又一下地搧打家瑋的腦袋。「你把我家的小怪物藏在哪裡？」

阿牛等一干嘍囉來到基泰身旁，也想上前賞家瑋幾巴掌過過癮，卻見小廟裡鑽出一個漆黑身影，兩隻眼睛紅光閃爍，可都嚇了一大跳。「那是什麼？」

黑皮像隻惡獸般趴伏在地，一顆狗頭朝著基泰齜牙咧嘴，伏按著地的雙猴手青筋畢露，尖銳指甲與突出嘴外的利牙正快速彎勾伸長。

「果然躲在這裡……」基泰放開家瑋，後退幾步，從書包中取出一條暗紅色的古怪皮鞭，晃甩幾下，跟著凌空一抽，發出啪嚓響聲。

黑皮被那皮鞭的抽響聲嚇得哀鳴一叫，顫抖地抱腿蹲下，兩眼凶光頓時轉為無助和惶恐。

「你要幹嘛？」家瑋退到小廟前，跪地緊緊摟著黑皮，對基泰說：「基泰大哥求求你，不要把黑皮抓去安樂死！」

「哈，我沒有要抓他去安樂死，我要訓練他當我的手下。」基泰嘿嘿笑著，像是在家練習過般，熟練地凌空抽動皮鞭，不停抽出啪啪裂響聲。

每一記皮鞭聲響，都令黑皮發出劇烈顫抖。

「我爸在地窖裡養了好幾隻怪物保鏢，我也想養一隻玩玩。」基泰走近家瑋身旁，又從書包裡掏出一個東西，拋到家瑋腳邊，那是一個繪有符籙的古怪項圈。「你幫我替他戴上項圈。」

「項圈……」家瑋緩緩伸手拿過項圈，翻看了看，問：「你要幹嘛？」

「我要你幫他戴上項圈啊……」

「戴上項圈會怎樣？」

「戴上項圈之後……」基泰笑呵呵地說黑皮戴上項圈之後，會變成他的奴隸，他要黑皮咬誰，黑皮就咬誰，問家瑋想不想看黑皮咬人，很有趣。

家瑋哭著搖頭，說黑皮很乖，不會咬人。

基泰說如果家瑋沒興趣看黑皮咬人，就滾遠點別礙事。他向家瑋伸出手，示意家瑋將項圈還他，他要自己動手。

家瑋一把將項圈扔了個老遠，朝著基泰吼叫，說黑皮不想當他的手下，不想幫他咬人。

基泰一腳踹在家瑋臉上。

家瑋向後仰倒，後腦著地，頓時感到天旋地轉，同時，他聽見懷裡的黑皮發出怒吼。

黑皮自家瑋懷裡蹦起，飛撲向基泰，攀在基泰胸前，一雙黑黝黝的小手揪著基泰耳朵，雙腳踩著基泰胸口和肩頭，彎曲銳利的指甲嵌進基泰皮肉裡。跟著，黑皮咧開狗嘴，狠狠地咬住基泰的鼻子。

「救命啊！救命——」基泰揪著黑皮的胳臂死命拉扯，啪嚓一聲，終於將黑皮從胸前扯開。

黑皮落在地上，狗嘴咀嚼了兩下，咕嚕吞嚥。

基泰大半邊的鼻子沒了，鮮血在他口鼻處嘩啦濺開。基泰掩住口鼻，淒厲慘嚎，阿牛等嘍囉們也紛紛尖叫起來，一行人瘋了似地死命逃跑。

家瑋撐地坐起，望著基泰落荒而逃的背影，見到黑皮像隻受驚的小狗般縮進他懷裡，用腦袋蹭著他的身子，像是關心他身體狀況，一時不知如何是好。

□

翌日，家瑋惴惴不安地上學。

他覺得自己完蛋了，基泰肯定會向老師告狀，老師會向他爸爸告狀，然後他爸爸很可能會先打死黑皮，再打死他。他一點也不懷疑爸爸真的會打死他。

他望著眼前的學校，呆愣了半晌，接著轉身往後山小廟的方向走。

他來到小廟，喊出黑皮，牽著黑皮的小手，循著小路繼續上山，想替黑皮換個隱密的小窩。途中他腳一滑，差點滾下山，還是黑皮一把拉住他的手腕，才沒讓他摔下山。

他在一處坡壁邊見有個大小剛好的坑洞，便令黑皮躲進洞裡。他隨地撿了一些樹枝，蓋在洞外，蹲在洞前叮囑黑皮這幾天別到處亂跑，免得被人找到。

他緊張兮兮地對黑皮說，基泰的爸爸鴻爺是角頭老大，有很多手下，還有槍，他們不會善罷干休。

家瑋疲累不堪地返回學校時，已經是午後。

他在廊道上遇見班導師，本以為導師會為了基泰的事凶狠地罵他，但導師只是惶恐地將他帶進保健室，和保健室老師一同替他手腳上的擦傷消毒，一面問他發生了什麼事。

他裝傻說自己在上學途中摔了一跤，暈了過去，醒來後才慢慢走來學校。導師急急忙忙撥了電話，通知家瑋的奶奶。

奶奶匆匆忙忙趕來學校，將家瑋帶回家，還買了塊小蛋糕給他吃。

第二天，什麼事情也沒發生。

第三天，同樣沒事情發生。

除了基泰一直請假沒來學校以外、除了阿牛等基泰的嘍囉們看見家瑋就像是看見鬼一樣，什麼事也沒發生。

就在家瑋以為風平浪靜，準備趁奶奶尚未收攤、爸爸外出找朋友的晚上，將黑皮從山上小坑洞接回小廟時，剛下樓就見到公寓外停了兩輛黑頭車。

一票男人站在車外閒談，爸爸正是其中之一，他鞠躬哈腰地向一個胖壯男人陪笑，嘴裡直嚷嚷著天底下怎麼可能會有這麼荒唐的事情。

家瑋認得那胖壯男人，他是基泰的爸爸，鴻爺。

鴻爺也是爸爸的老大的老大。

鴻爺瞥見家瑋站在公寓門口瑟瑟發抖，指著家瑋說了些什麼，爸爸見了，立時上前拉著家瑋來到鴻爺面前，笑呵呵地說：「哈哈，鴻爺想問你，你有沒有養狗。」

「沒有……」家瑋本能地搖頭。

「就說不是狗了啦！幹！」爸爸的老大李哥，像是綜藝節目做效果般地搧了爸爸的腦袋一巴掌，說：「是那個……叫……」李哥說到這裡，轉頭望了鴻爺一眼，像是在問那東西究竟叫什麼。

「狗猿。」鴻爺淡淡地說，笑著摸了摸家瑋的腦袋，說：「既然都下來了，那上車聊吧。」

「好，上車聊、上車聊。」爸爸笑著將家瑋推上汽車後座，自己也擠了進去，興奮地向最後上車的李哥問：「老大，到底是什麼生意，讓鴻爺親自出面跟我談？」

「這個……」李哥摸摸鼻子，像是不知如何開口。

一小時前李哥喊出家瑋的爸爸，說鴻爺想見他一面，說有筆生意想聽聽他有沒有興趣。

那時家瑋爸爸受寵若驚地洗了個澡，翻出當年婚禮時穿的西裝套上，來到指定餐廳，見到鴻爺像是見到神一樣。

誰知鴻爺開口就問家瑋爸爸，有沒有見過一種腦袋是狗、身體是猿猴的動物，邊問邊拿出手機，讓家瑋爸爸瞧瞧那「狗猿」的模樣，活像是奇幻電影裡的怪物。除了狗猿之外，鴻爺手機相本裡還有十來種怪物，有些像是數種真實動物拼裝成的四不像動物，有些則完全看不出是哪些動物拼出的異想怪物，看得家瑋爸爸咋舌不已，說不但沒見過，甚至連聽都沒聽過。

鴻爺點點頭，和手下交頭接耳了幾句，說想見見家瑋。

鴻爺覺得家瑋應該知道狗猿，若能從家瑋口中探出狗猿的消息，他會付家瑋爸爸一筆錢，甚至打算將旗下一筆生意交給家瑋爸爸打理。

家瑋的爸爸那時雖覺得丈二金剛摸不著頭緒，但又不想放過這千載難逢的機會，便說家瑋應該在麵攤幫忙。鴻爺二話不說，帶著大夥兒分乘兩輛車趕去麵攤，卻沒見著家瑋。於是兩車繞回家瑋家，大夥兒下車抽菸，打算抽完菸再上樓，沒想到家瑋自個兒下來了。

「我之前不是跟你說過，鴻爺開始搞新生意，想找更多人幫忙嗎？」李哥在後座，這麼對家瑋爸爸說：「那時我說的就是這件事——鴻爺的新生意，就是養這些怪物，養大之後再賣出去，最近鴻爺的養殖場裡，走失了一批怪物，鴻爺想找回那些怪物。」

「養怪物……」家瑋爸爸呆愣愣地不知該如何反應，好半晌才喃喃說：「老大，上次我問你，你說是祕密……」

「現在不是了。」李哥說：「鴻爺看上你，你就是自己人了。」

「鴻爺看上我什麼？」家瑋爸爸露出一副將受大老爺臨幸的模樣，欣喜地問。

「這個嘛……」李哥摸摸鼻子，一副不知該不該說的模樣。「我覺得鴻爺應該是看上你兒子。」

「我兒子？鴻爺怎麼會看上我兒子？」

「鴻爺的兒子跟你兒子讀同一所學校。」

「我知道啊。」爸爸點頭說：「我記得叫基泰嘛，然後呢？跟我兒子有什麼關係？」

家瑋忍不住顫抖起來。

「他鼻子被咬掉了。」李哥這麼說：「鴻爺覺得很可能就是走失的狗猿咬的。」

「啊……」家瑋爸爸還是搞不明白。「那跟我兒子有什麼關係？」

「鴻爺兒子，也就是基泰，他說……」李哥轉過頭，視線越過家瑋爸爸，盯著家瑋。「你兒子養著那隻狗猿。」

「什麼？」家瑋爸爸張大嘴巴，一時無法消化這句話的意思。

只一會兒，兩輛黑頭車，便駛達家瑋藏匿黑皮的後山小路邊。眾人下車，徒步循著小路走了十來分鐘，來到黑皮藏身的那處小洞外。途中，家瑋爸爸花費了兩、三記巴掌的力氣，終於弄懂家瑋這段期間都在忙些什麼。家瑋摀著紅腫的臉頰，淚流滿面地被爸爸揪著後領，押到黑皮藏身的小洞前，哭著喊：「黑皮……黑皮……」

沒有回應。

然後家瑋的腦門立時捱了重重一巴掌，伴隨著爸爸的一聲暴喝：「喊大聲點！」

「……」鴻爺的幾名嘍囉和李哥互望了望，不約而同感到有些突兀——家瑋爸爸在李哥那夥人裡的外號是「老鼠仔」，因為他做事說話畏畏縮縮，偶爾被喊去充場面幫李哥談判幹架時，也總是躲在最後頭，原來教訓兒子時，也有這麼霸氣的一面。

「夠了。」鴻爺莞爾一笑，揚揚手說：「下手輕點啊，他是你兒子。」

「是……是是……」家瑋爸爸本來想往家瑋腦袋上多補幾巴掌，聽鴻爺開口，立時放下高舉的手，還惡狠狠地瞪了家瑋一眼，彷彿對於家瑋無法第一時間喊出黑皮獻給鴻爺，感到十分不悅。

家瑋吞著鼻涕眼淚，只當爸爸的命令尚未結束，又鼓起嘴喊了幾聲黑皮，再次被鴻爺喊停。

鴻爺身旁一名男祕書西裝筆挺，左手托著一只奇異小儀器，向鴻爺展示。

鴻爺盯著那儀器半晌，與祕書低語了兩句，苦笑著向眾人說：「狗猿不在這裡。」

「什麼……」家瑋爸爸先是一呆，跟著又揚起手，作勢要往家瑋臉上搧。「小鬼你騙我們？」

「不是這樣。」祕書獨自走近小洞，蹲下伸手進洞裡撈了撈，抓出一把混著落葉的土，湊近鼻端嗅了嗅，起身說：「是狗猿的窩沒錯，但現在是空的。」

鴻爺的幾個跟班輪流接話：「我就說那些東西活動量那麼大，怎麼可能這麼多天都窩在個小洞裡。」「是啊，肯定整座山到處跑。」「山上說不定不只一隻……」

鴻爺微微仰頭，張望四周，然後盯著家瑋半晌，淡淡說：「那也沒辦法了，今晚先這樣吧，大家回去早點休息……」鴻爺說完，見家瑋爸爸一臉歉疚地走來，像是想要賠罪，便笑著拍了拍他的肩，跟著掏出皮夾捏出一疊鈔票，塞進家瑋爸爸胸前的口袋，說：「給孩子買點好吃的，父子倆好好聊聊，把事情問清楚，不過孩子年紀還小，別逼他太緊，有消息再通知我。」

「是……」家瑋爸爸搓著手，點頭如搗蒜。

□

深夜，家瑋家。

爸爸抓著一根藤條，焦躁地在客廳裡繞來晃去。

家瑋身著一件內褲，高舉著雙手，跪在小神桌前垂頭落淚。

奶奶的房門半掩，她坐在自個兒臥房的床沿，茫然回憶著家瑋爸爸小時候的模樣，卻怎麼也無法將他年幼時天真可愛的模樣，和此時門外那頭野獸聯想在一塊兒——爸爸說要管教家瑋，讓奶奶別插手，否則他連她也揍。奶奶並不懷疑爸爸的威嚇，因為他早就這麼做過了。

「臭小子，你到底把那東西藏在哪裡？」

「我不知道……我沒有藏他，我只有餵他吃東西……真的……」

「……你把之前說過的事情再說一遍。」

爸爸抓頭搔耳，努力思索家瑋敘述遇見黑皮之後的種種經過，想進而推理出黑皮如今躲藏的地方。

但他的腦袋實在不夠靈光，「推理」這兩個字從來都與他無緣，他更懷疑是家瑋騙自己，他總覺得家瑋其實知道黑皮躲在哪兒，只是故意不告訴他。因此他模仿電影裡警察辦案的手法，要家瑋反覆敘述事發經過，試圖從一遍又一遍的供詞中聽出破綻，進而逼問出真相——但他根本辦不到，他既愚笨又暴躁，每每遇到不順心的事，就會怪罪到母親和兒子身上，甚至打罵祖孫倆出氣，此時他只覺得能夠獲得鴻爺賞識，可是個千載難逢的出頭機會，然而兒子不但沒幫他，反而扯他後腿。

他懶得認真思考家瑋究竟有沒有說謊，單純覺得只要再給家瑋些苦頭吃，家瑋總能說出點東西，至於說出口的東西有沒有用，到時候再判斷就好了。

「幹……」他繞到家瑋身後時，見到家瑋大小腿上的藤條痕跡，腦袋裡想的不是「自己的兒子正在受苦」，而是「這小子捱了這麼多下，卻還是和自己作對，究竟為什麼」。他一想至此，更生氣了，唰地又往家瑋的大腿添上一條鞭痕。

臥房裡的奶奶聽見鞭聲的同時，身子也縮了一下，彷彿是自己被鞭著一般。

家瑋爸爸揪著家瑋頭髮，將他腦袋往後拉仰，雙眼通紅地盯著家瑋說：「你到底為什麼這樣跟我作對？」

家瑋當然無法回答這種毫無邏輯的問題，只能哭著說：「我沒有……跟爸爸作對……我不知道黑皮跑去哪裡了……」

「那你為什麼把他養在山上？不帶回家養？」

「因為爸爸不准養狗……」

「幹那是狗嗎？那是寶貝啊！你連什麼是狗，什麼是寶貝，都分不出來嗎？」爸爸惱火地揪著家瑋的頭髮左右搖晃，持著藤條又往他的屁股、大腿抽去。

「夠了！」奶奶終於忍不住奔了出來，伸手和爸爸爭搶那根藤條。

「妳要幹嘛？」爸爸暴躁地大力甩手，將奶奶甩倒在地，磅地一聲，奶奶的腦袋撞上木櫃，倒在地上爬不起身。

「你看到沒，都是因為你……」爸爸呆愣了一秒，轉身揪住家瑋頭髮，像是想將奶奶撞著腦袋這件事，怪罪在家瑋身上。

家瑋瞪大眼睛，卻不是望著爸爸，而是愣愣望向幽暗廁所方向，那個人形小影。

人形小影那雙青森眼睛閃閃發光，家瑋對那雙眼睛再熟悉不過了。

是黑皮。

下一刻，小影動作極快，轉眼奔來攀上爸爸的胸口，一口咬住爸爸咽喉。

爸爸驚恐地放開家瑋，胡亂揮手拍打那攀在他胸口上、緊咬著他咽喉的黑皮。

黑皮體型雖如幼童一般，力氣卻奇大無比，轉眼將爸爸撲倒在地，喀吱嘎吱又往爸爸脖子上補上兩、三口，爸爸便連抬手的力氣都沒有了。

家瑋瞪大眼睛，一時無法做出反應，只能本能地挪移身子，擠進奶奶懷裡，緊緊抱著暈眩迷濛的奶奶，顫抖不已。

黑皮望著家瑋，似乎察覺家瑋此時的驚恐是被自己嚇出來的。

黑皮肚子咕嚕嚕地響了幾聲，轉頭瞧瞧脖子上破開大口的爸爸，又撲上去多咬了幾口，跟著咬住爸爸的胳臂，緩緩地往後拖行，退進廁所裡。

家瑋望著那陰暗廁所，聽見廁所裡發出了嘎吱嘎吱的聲音。

□

「小李啊……」鴻爺坐在轎車裡，盯著平板電腦螢幕。

螢幕畫面正是家瑋家客廳——鴻爺驅車離開時，便派出手下，持著裝有望遠鏡頭的攝影機，暗中監視家瑋家的動靜。

「你那小弟是笨蛋嗎?」鴻爺冷笑調侃起副駕駛座的李哥。「我不是拿錢讓他買東西給兒子吃嗎?結果他搞什麼?把自己給搞死了?」

「是……」李哥點點頭，苦笑說：「老鼠仔是真的很笨沒錯……」

鴻爺本來打算花個幾天盯著家瑋，倘若家瑋再次外出餵食黑皮，就有機會循線找著黑皮藏身的位置，豈料家瑋爸爸一到家就打家瑋逼供，祕書從平板電腦裡見黑皮現身，立時遞給鴻爺。

鴻爺見家瑋爸爸被黑皮幾口咬死後拖進廁所，也不禁傻眼。

「鴻爺？我們現在就去抓狗猿？」祕書問。

「……」鴻爺盯著平板，想了想，搖搖頭說：「不，我想多看一會兒，這隻狗猿好像跟其他隻不太一樣……」

# 貳

數天後的傍晚，鴻爺坐在黑色轎車裡，盯著前方家瑋的身影。

接連數日，家瑋都和平時一樣，放學後返家放下書包，趕去奶奶的麵攤幫忙——和過去不同的是，這幾天他會在麵攤待到更晚，然後陪奶奶一同返家，而不必像過去一樣，提前帶小菜回家供爸爸下酒。

回到家的祖孫二人，會將帶回家的小菜裝盤上桌，然後從房裡喊出黑皮，讓黑皮也像個小童般地入坐餐桌，一同享用宵夜，和樂融融。

若非鴻爺早知黑皮不是人，否則乍見那些自隔鄰樓房攝得的偷拍畫面，可能會以為餐桌圍坐的是祖孫三人，以為黑皮是年幼的小孫子。

令鴻爺大感詫異的是，黑皮在家瑋和奶奶面前，絲毫沒有展現半點攻擊性，甚至比尋常家犬聰明許多，只短短幾天，就從伏在地上吃菜，變成乖乖坐在桌前，伸手從盤中抓菜吃。

鴻爺很想弄明白，家瑋究竟是如何將黑皮調教得如此乖巧聽話。最近他那怪物養殖場接連出事，走失了好幾批怪物，狗猿只是其中一批脫逃怪物，底下的老闆為此很不高興，對他發出最後通牒，要是再出問題，就要將怪物養殖場交給其他人打理。

鴻爺本來以為是他的死對頭想搶生意，派人去他的養殖場搞破壞，但暗中打聽之後，卻發現死對頭手下的養殖場，同樣也發生怪物走失的事件，情況甚至更嚴重。

「鴻爺！」祕書接聽著電話，急急對鴻爺說：「養殖場又出事了……」

「快趕過去！」鴻爺又氣又急地下令轎車轉向，趕往自家的怪物養殖場。

巷弄前方的家瑋，則渾然未覺自己已被爸爸老大的老大，接連監視了好幾天。

他繼續往前，往奶奶的麵攤走去。

比起過去，他的腳步輕快許多，就連心情也輕鬆許多。現在在學校裡，已沒有人會欺負他，回到家裡，也不用再害怕爸爸的藤條。

過去終日堆積在他和奶奶頭頂上的那團烏雲，彷彿隨著當晚爸爸被黑皮拖進廁所之後，煙消雲散了。

那天晚上，奶奶在地上暈躺了好久，他也窩在奶奶身邊好久，廁所裡發出的嘎吱聲，同樣也持續了好久。

直到奶奶醒來，大致聽他說明了經過，祖孫倆戰戰兢兢地抱在一塊兒，走向廁所，推開門、打開燈，才見到黑皮蜷縮在浴缸裡沉沉睡著。

黑皮的肚子異常鼓脹，而被拖進廁所的爸爸，則消失無蹤。廁所四周僅殘留著少許衣褲布料和血跡。

即便是年幼的家瑋，也能明白這情景代表著什麼、明白消失的爸爸上哪兒去了，但他和奶奶，都沒有直接說破這一點，而是默默將客廳至廁所的血跡拭淨，假裝什麼事也沒發生。

他們本來以為黑皮醒來後會自行離開，所以刻意替他打開門窗，但黑皮沒有離去，反而像是將家瑋家當成了自己家，每天都窩在家瑋房中，等家瑋放學。

不知怎地，家瑋和奶奶明知道黑皮做了什麼事，卻不太怕他。

或許是那晚消失的那個人，比眼前的吃人怪物，更令他們害怕，也更像真正的怪物。

這個陰鬱的家，少了一個可怕的怪物，多了一個狗臉猿身的小弟弟，反而比過去每晚都來得祥和歡樂。

家瑋放學回家放下書包，都會進房裡抱抱黑皮，前兩天黑皮都乖巧地去後陽台便溺，這兩天已經學會用馬桶，若不是頂著一張狗臉，否則家瑋還真想牽著黑皮一同去奶奶的麵攤幫忙，驕傲地向常客炫耀自己多了一個弟弟。

即便這個弟弟，吃掉了他的爸爸。

他開心地來到麵攤，開心地幫奶奶顧攤，然後收攤，再開心地與奶奶分別提著大包小菜返家，準備像前幾天一樣陪「弟弟」吃宵夜。

奶奶路過一間寵物用品店時，朝裡頭多望了幾眼，想起前兩天剛買的狗飼料，今早看時似乎已快見底。她每天起床、出門之前，都會為黑皮專用的大鍋倒入滿滿飼料，那分量可是尋常家犬的數倍之多——比起憂心黑皮日後的餐費，她更擔心餓著黑皮。

她不曉得黑皮若是餓著了，會做出什麼事。

但看在家瑋這麼喜歡黑皮，以及黑皮讓這個家變得幸福的分上，她暫時不願細想那些瑣事，只能走一步算一步了。

祖孫倆回到家、開了燈，呼喊半晌都不見黑皮出來，接連找過前後陽台和數張床底，仍遍尋不著黑皮。他們見到廚房敞開的對外窗，本以為黑皮溜出去玩了，卻聽見頂樓不時傳來碰撞和踏地聲，甚至夾雜著沉悶的嘶吼聲。

祖孫倆一前一後往樓上走，來到頂樓門前，透過門縫，見到鐵皮棚內有隻古怪大鳥，擠在雜物堆前，用那尖尖長喙，不停地往雜物堆的縫隙裡啄咬。

不一會兒，黑皮自雜物堆另一端探出頭來，朝著怪鳥吠叫。

那怪鳥反應也快，發現黑皮露臉，立刻繞去追咬。

黑皮趕緊縮頭躲回雜物堆裡，還不時從雜物堆裡拋出一些小石、雜物，扔擊怪鳥。

「那隻鳥想吃黑皮？」

家瑋驚叫起來。奶奶本想掩住他的嘴巴，卻已經來不及。怪鳥循聲回頭，那張半人半鳥的臉上生著四顆怪異眼睛，直勾勾地盯著通往頂樓的門，如鶴一般的銳長嘴巴有三十餘公分長，開合了兩下，發出鬼魅般的尖銳嘯聲。

「快把門關上！」奶奶本能地將家瑋往後拉，試圖關上門，但那怪鳥動作極快，轉眼竄來門前，長喙伸入門縫內往奶奶臉上啄去，但剛要碰著奶奶的右眼時，又往後縮回一截——

自後飛撲而來的黑皮，一口咬住怪鳥尾巴，將怪鳥往後拖。

奶奶抱著家瑋跌坐在地，驚愕看著前方怪鳥和黑皮扭打成一團。

黑皮動作靈巧，攀上怪鳥後背揮爪扒抓搥打，還揪拔怪鳥羽毛。

怪鳥長頸游蛇似地伸長，一張人臉四目發出凶光，張開銳利長喙，飛快啄下，叼住黑皮左腳，猛地揮頭亂甩一陣，將黑皮甩得暈頭轉向，再往地板狠狠一砸，跟著抬起大爪，重重踩在黑皮的胸膛上。

黑皮狗嘴哇地嗆出血來，兩隻小手使勁地扳動怪鳥爪子，然而巨大鳥爪不僅沒有鬆動，還踏得更重。

怪鳥揚高長頸，長喙瞄準了黑皮的腦袋，猶如一柄蓄勢待發的矛。

「不可以——」家瑋甩開奶奶，奪門出去，朝著怪鳥大喊：「不要欺負黑皮！」

怪鳥嘎了一聲，本來緊閉如矛的喙微微張開，瞪大眼睛盯著家瑋身後上方。

家瑋隨著怪鳥的視線回頭，只見身後鐵門上方是水泥水塔，塔頂邊緣站著七隻貓。

正中央是橘貓將軍。

將軍過去那壯碩身形，如今像是洩了氣的皮球般，變得異常消瘦，兩側肋骨清晰可見，一雙細瘦爪子踩著塔頂邊緣，眼神倒是一如既往地銳利如刀。

將軍左右各站著三隻年輕成貓，是那壯碩橘貓、白貓、虎斑貓、三花貓、黃白貓，以及玳瑁貓。

家瑋望著水塔頂上的七隻貓，眼睛都閃閃發光，令家瑋不禁揉揉眼睛，確認自己並非作夢，仔細再一看，只見七隻貓不只眼睛發光，背上也揚起一面面金黃色的披風。

怪鳥似乎被將軍率領的這陣仗嚇著，抬爪緩緩後退，但後方女兒牆上，站出第八隻貓，這貓全身灰底黑紋，兩隻眼睛左青右黃，背上也張開一面金黃披風，截斷了怪鳥的退路。

水塔上的那排貓，除了將軍依舊站定不動之外，左右六隻貓紛紛落下，將怪鳥團團包圍。

說也奇怪，家瑋見其中一隻玳瑁貓走過自己身邊，距離自己尚有十餘公分距離，小腿卻隱隱感到一陣搔癢，像是被叢叢毛髮擦過一般。

他隱隱見到，那玳瑁貓踏過的地面，留下了淡淡的掌印光芒，而那掌印面積遠超過玳瑁貓的小爪許多，是虎的掌印。

此時那怪鳥彷彿被猛虎包圍的小動物般，全身縮成一團，原本蛇一般的長頸竟縮短了不少，一張人臉愁眉苦臉，四隻眼睛眨呀眨地都給嚇出了眼淚，全身哆嗦個不停。

另一邊鐵皮棚頂上，躍下了一個年輕人，右手閃閃發著金光，走到怪鳥面前，揚了揚手，金光化為一個繩圈，套上怪鳥頸子。怪鳥本要掙扎，但那隻異色瞳貓上前朝怪鳥哈了口氣，怪鳥立時不敢妄動。

年輕人轉身來到黑皮身前，蹲下檢視黑皮。黑皮胸口軟趴趴的，像是五臟六腑都被踩壞了般。

家瑋也奔到黑皮身旁，見到黑皮的身子癟了一大塊，哇地哭了起來。

□

在家瑋家，奶奶為姜洛熙奉上熱茶之後，默默來到自家小神桌前，替土地公像上了炷香，雙手合十喃喃祝禱。

姜洛熙自稱是太子爺乩身，領了太子爺籤令，前來調查近日這兒層出不窮的怪物傷人案件。奶奶前幾日擺麵攤時，也聽客人聊起過這些事，當時她只覺得荒唐，但見兒子被黑皮拖進廁所之後便「不見」了，不信也得信了。

剛剛她見姜洛熙領著八隻仙氣飄逸的貓，舉手收伏那凶惡怪鳥，別說他自稱乩身了，就算他自稱神仙下凡，奶奶也會相信。

這些天奶奶不時感到惶恐和害怕，心頭老是縈繞著一股揮之不去的愧疚感，畢竟她親生兒子就這樣被黑皮拖進廁所裡吃掉，她卻待黑皮如親生孫子一般，不免有些匪夷所思──儘管從外人看來，她兒子這些年的所作所為，令她和家瑋產生這樣的反應十分正常，但奶奶終究無法用這樣的理由擺脫罪惡感。如今神明派來了使者，那麼一切就交由上天定奪吧。

她要家瑋別怕，將事情一五一十地全告訴神明使者。

家瑋摟著黑皮、噙著淚，從去年爸爸摔死他藏在樓頂的小狗說起。

黑皮身上裹著經過施法的紗布，窩在家瑋懷中沉沉睡著。

姜洛熙默默聽著家瑋說話，偶爾提問，也不時瞧瞧手機，和通訊群組裡的四靈陰牌成員們傳訊交談。

姜洛熙的專屬貓乩弦月，此時優雅地佇立在電冰箱上，俯視客廳全景。橘貓將軍則領著六隻貓乩，趴伏在客廳四周。這六隻貓是去年將軍親自覓得的接班貓乩，如今皆已成年，本來天庭打算視案件難度，讓六隻貓乩輪流跟隨將軍實習，但數個月前，劉媽發現將軍食慾下降，身形也日漸消瘦，帶去醫院檢查，發現身體裡長了顆腫瘤。

天庭決定加快六隻新貓乩的學習步調，從那時起，每次的案件都盡可能讓將軍帶領六貓，參與眾乩身行動，這次也同樣被派來協助姜洛熙調查怪物傷人案件。

「五年七班，基泰的爸爸，鴻爺……」

姜洛熙聽家瑋提及那晚見到的鴻爺，正是他這兩天盯上的地方角頭，心中默默拼湊起前因始末。

兩天前，他剛瞧見鳳仔叼給他的籤令，說是高雄燕巢山區一帶發生怪物傷人事件，雖一頭霧水，仍向上頭申請了「替身」，在這段時間代替他去學校上課，跟著便匆匆整理行李，帶著弦月與鳳仔騎車南下，在車站附近找了間廉價旅館投宿。

他如先前外出辦案那般，拜託王小明開來廂型車，作為弦月和鳳仔的棲身處，誰知道王小明那陰間廂型車的後車廂一打開，裡頭還有七隻貓——除了將軍以外的六隻貓，是他在四海新城惡狼案件那時，從盜虎團手中救出的六隻小貓，放在劉媽家讓橘貓將軍調教至今，每隻都長得雄赳赳氣昂昂，平時紀律嚴明，猶如一支精銳部隊。

王小明說上頭打算讓這支猛虎部隊正式投入戰場，要姜洛熙帶領他們一同辦案。有橘貓將軍坐鎮指揮，六隻實習貓乩規規矩矩地窩在車裡，即便彼此偶爾撲鬧玩耍，也不會騷擾性情與他們格格不入的弦月。

弦月對六隻貓之間的嬉鬧絲毫提不起興趣，總是默默佇立在角落高處，冷眼瞧著四周。

姜洛熙調查了幾日，從山郊幾隻山魅口中，打聽出鄰近確實有陽世活人與陰間勢力合作「養怪物」，這次怪物傷人案件，據說是有處飼養場遭受破壞，走失了一批怪物所致。

他循線追查出勾結陰間勢力的傢伙是當地一位角頭老大，還發現這角頭老大不知怎地，連續兩天乘車跟蹤一個小學生，不但尾隨人家上學放學，甚至派人守在小學生住家四周，偷拍對方家中情況，卻始終沒有進一步動作。

就在剛剛，角頭似乎收到緊急通知，匆匆離去，而這小學生家樓頂則飛來一隻怪鳥，怪鳥像是餓了許久，終於發現獵物般，在家瑋家前後陽台外飛繞鳴叫。

怪鳥那聲聲鳴叫，令躲藏在家瑋房中的黑皮感到害怕又生氣。黑皮先是跑去陽台朝外頭的怪鳥不停吠叫，還忍不住開窗攀牆翻上頂樓，撿了支棍棒想驅趕怪鳥，但被怪鳥啄了兩下、踏了三爪，立刻知道自己不是怪鳥對手，只能狼狽地躲進雜物堆中。

姜洛熙當時聽埋伏在附近的阿給和銀鈴這麼向他回報時，只感到古怪，想繼續瞧瞧那怪鳥又是從哪兒冒出來的，甚至打算暗中跟蹤怪鳥行蹤，直到家瑋和奶奶循聲找上樓，情況緊急，姜洛熙這才令貓乩趕去救援。

被虎爺降駕的貓乩們，能輕易躍出好幾公尺遠，轉眼就從隔鄰公寓樓頂齊聚而來，將那怪鳥嚇得大氣也不敢喘一聲。

餐桌前，家瑋說到爸爸被黑皮拖進廁所然後「消失」的那晚經過，身子哆嗦起來。

姜洛熙聽家瑋說詞、瞧他表情，明白他心裡其實知道爸爸被黑皮吞下肚了，卻故意說爸爸「不見了」。姜洛熙雖沒聽說過家瑋爸爸過去為人，但見家瑋的胳臂、雙腿遍布藤條抽打的新舊痕跡，且溫柔地摟著吃掉他爸爸的黑皮，像是疼愛弟弟一般，自然也隱隱猜著了什麼。

「黑皮不是壞狗，他只是想保護我……」

家瑋抬起頭，淚眼汪汪地問姜洛熙：「神明可不可以不要懲罰他？」

「我沒辦法回答你這個問題，因為我不是神明。」姜洛熙望著黑皮，說：「但現在他的身體都被踩扁了，只有神明可以救他。你把他交給我，我會送他上天庭，如果神明覺得他不是壞狗的話，會施法術治好他。」

「那如果……」家瑋說：「神明覺得他……是壞狗的話，怎麼辦？」

「到時候神明會告訴你答案。」姜洛熙這麼說的時候，轉頭望向佇在神桌旁的奶奶，提高聲音問：「奶奶，可以嗎？」

奶奶本來一直雙手合十祝禱，一面默默聽家瑋和姜洛熙對話，直到姜洛熙轉頭問她，這才開口對家瑋說：「聽神明乩身的話，讓他帶走黑皮，讓上天決定吧。」

奶奶這麼說的同時，走來家瑋身邊，將黑皮從家瑋懷裡抱起，遞給姜洛熙。

姜洛熙取出金磚粉筆，在掌心畫下一道金符，往黑皮的腦袋上輕輕一按，一圈金光在黑皮周身亮起，穿透天花板，直達天庭。他對家瑋和奶奶說，等天庭收到符令，便會派遣天差下凡，將黑皮和被綁在樓頂的怪鳥一併帶回天庭進一步調查。

# 參

深夜，黑色轎車駛入郊區一處飼料工廠，鴻爺鐵青著臉下車，領著祕書、司機和隨從直奔廠房，循著樓梯來到地下室。

地下有條長廊，長廊裡瀰漫著奇異的野獸體味和糞便氣味，兩側是一扇扇鐵門，鐵門上貼著密密麻麻的符籙，門後不時傳出低沉的野獸呼吸聲。

長廊中段地板上有一大灘血跡，兩名守夜嘍囉一坐一躺。坐地的嘍囉摀著折斷的胳臂呻吟不止，躺地的嘍囉頭臉上都是抓咬痕跡，鮮血染紅整件襯衫，口唇發青、臉色蒼白，顯然失血過多。

「快快快！」祕書吆喝司機和隨從，將躺地的嘍囉扛上樓包紮急救，自個兒蹲在坐地嘍囉身前，問：「發生什麼事？」

「我也不知道……」坐地的嘍囉揚手指著長廊深處。「我們巡場巡到一半，最裡面兩間『狗猿房』的門莫名其妙打開了，四隻狗猿跑出來，我們攔不住……」

「什麼！」鴻爺氣急敗壞地從口袋裡掏出一串青藍色的念珠，往手上纏繞幾圈，緊緊握著，小心翼翼地往長廊深處兩側敞開的鐵門走去。

鴻爺才走出幾步，手機便響起，他倏地挺直身子，連忙接聽電話——這可是底下「老闆」特派使者的專屬鈴聲。

手機那頭，響起一道冷冽的女聲：「別往前走，前面房間有你應付不來的傢伙躲在裡面等你上門，你現在上樓來辦公室找我。」

「是……」鴻爺望著前方長廊兩扇半敞鐵門，心中一凜，緩緩後退，經過祕書身邊時，說：「白雪姊要我們去辦公室見她。」

祕書點點頭，扶著嘍囉站起，隨著鴻爺退出長廊。

「你樓上兩個手下被附身了。」電話那端的女聲，繼續對鴻爺下令。「你別說破，讓他們跟你上樓，我猜他們想偷看你按密碼。」

鴻爺按照女聲指示，領著祕書登上一樓，轉往二樓。

工廠二樓有數間員工休息室和雜物間，長廊末端那最大的隔間，則是這飼料工廠的辦公室。

鴻爺走進辦公室，來到窗邊，窗旁有扇鐵門，通往外側陽台。

那陽台頗小，門上卻裝著密碼鎖，鴻爺先是按下一串八位數的密碼，他刻意放慢動作，讓悄悄跟上樓的司機和嘍囉瞧個仔細——這是電話那端女聲的吩咐。

門鎖咔嚓一聲，鴻爺將門推開一條縫，然後喀啦關上；跟著他對著密碼鎖按下另一串八位數的密碼，再推開、再關上；最後，鴻爺第三度按下密碼，這次是一串十二位數的密碼。

叮鈴鈴鈴——鐵門外響起一陣鈴聲，鴻爺推開門，門外卻不是陽台，而是一條短廊，那短廊彷如空橋一般，連接著另一處神祕空間。

神祕空間裡站著一高一矮兩個女人，高的一頭長髮、白衣白裙，腰際繫著纏繞成圈的皮鞭，皮鞭也是白色的；矮的短髮齊耳，一身寬闊大袍，兩隻耳朵佩著醒目的符籙耳飾。

長髮高個兒女人的視線越過鴻爺，停在那湊近鴻爺身後、想偷瞧鴻爺按密碼的司機和嘍囉臉上。

司機和嘍囉像是察覺被發現般，司機轉身想往外逃，嘍囉卻猛地怪叫撲向鴻爺。嘍囉剛抱住鴻爺，立時哀嚎一聲，癱軟倒地，一隻青色惡鬼飛彈出嘍囉的身體，在辦公桌上打起滾來——鴻爺替陰間勢力辦事，為防敵對勢力惡鬼上身，不僅隨身帶著護身法器符籙，連內衣內褲都繡著特製的驅鬼符籙。

神祕空間裡飄出一張符，貼在那惡鬼的後腦上，登時令惡鬼動彈不得。

司機剛剛奪門而出，就被不知哪兒冒出來的瘦高男人掐住脖子，提回辦公室。

那瘦高男人西裝筆挺，一手揪著司機，另一手朝司機搧了兩巴掌，將司機搧落下地，暈死過去；附身司機的惡鬼，則仍被瘦高男人牢牢掐著脖子、提在空中，兩條腿不停踹蹬。

瘦高男人揪著惡鬼走進辦公室，順手拎起另一名後腦杓貼符的惡鬼，來到辦公室中央。

一高一矮兩個女人走過空橋廊道，來到鴻爺辦公室裡。長髮女人盯著瘦高男人手中兩隻惡鬼，冷笑問：「誰派你們來的？」

兩隻惡鬼互望一眼，都沒說話。

長髮女人望向身旁短髮女孩一眼，笑著問：「阿瑛，妳猜這兩個哪個先招供？」

「讓我試試哪個比較怕痛。」阿瑛這麼說，抖了抖寬大袖口，露出藏在大袖裡的一雙小手，兩手各自捏著一張符，黃符轉眼旋扭成兩支尖錐，分別插入眼前二鬼的肩膀裡。

「哇！」兩隻惡鬼慘叫起來：「龍哥、達哥，救命啊！我們在樓上，快來救我們——」

長髮女人彈了記響指，阿瑛立時拔出符錐，讓兩鬼喘口氣。

「你們說的龍哥、達哥，是他們對吧？」長髮女人望向辦公室門口。

兩鬼一齊回頭，只見辦公室門口走進一個少年。少年個頭不高，面貌俊美，腦袋上豎著一雙狗耳，左手提著兩顆腦袋，正是兩鬼口中的龍哥與達哥——他們便是剛剛躲在地下養殖房內，準備偷襲鴻爺的兩個傢伙。

「噫！」兩鬼駭然尖叫。「龍哥……」

「兩位。」長髮女人抄起腰際那圈白色皮鞭，輕輕一抖，皮鞭彷如有生命般，捲著兩鬼腦袋，將兩鬼腦袋扳正，讓兩鬼面對著她。然後她冷冷地說：「該回答我的問題了。」

「妳的……問題……」兩鬼呆愣愣望著長髮女人，陡然感到肩頭劇痛，是阿瑛重新將兩支符錐插回兩鬼肩頭。第二次捱錐的痛楚，比第一次更痛許多，令二鬼發狂尖叫起來：「哇——」

阿瑛又捻出一張符，搖曳出青火，點蠟燭般地點燃左邊那鬼肩頭上的符錐尾端，符錐尾端立時如仙女棒般霹里啪啦炸出一團團火花。

火花持續向下，一路炸進那鬼肩膀裡頭。

「哇嘎啊啊——」那鬼發出淒厲慘叫，全身劇烈掙扎，整張臉變得猙獰駭人，肩膀焦爛裂開，足足叫了三分鐘，這才像是虛脫般地癱軟喘息。

長髮女人和阿瑛，不約而同地轉頭望向右邊那隻鬼。

「輪到你了，你也不說嗎？」長髮女人冷笑問。

「我說！我說……我……」右邊那鬼顫抖地點頭，說：「妳問什麼我都說！」

「誰派你們來的？」

「誰派我們來的？」那鬼眼睛圓瞪、神情急切緊張，像是正努力思索這個問題的答案。

「……」阿瑛上前揪著那鬼的頭髮，將他腦袋壓低，伸指朝他天靈蓋比劃了兩下，只見那鬼的天靈蓋上浮現一圈咒印。

阿瑛對長髮女人說：「白雪姊，是『封憶術』，下得不怎麼高明。」

陰間的封憶術，能夠封印魂魄心中某段時間、或對某些特定對象和事件的記憶。某些陰間老大想幹些見不得人的案子，又怕嘍囉失風被捕時供出自己，便會對其施展封憶術，讓負責動手的嘍囉想不起究竟是誰派他們幹的。

「封憶術啊。」叫作白雪的長髮女人，輕輕抖弄長鞭，將兩鬼腦袋扳至側面，瞧了瞧他倆左耳後方，各自紋了個「火」字——這是春花幫烈火堂的專屬紋身。

白雪朝狗耳少年望了一眼，說：「招福，你手上兩顆腦袋的左耳後面有沒有『火』字？」

招福瞧瞧手中腦袋，點點頭。「有。」

四個傢伙被施下封憶術，耳後卻有所屬幫派的紋身。

這滑稽情形，正是陰間三教九流之徒使用封憶術時常發生的拙劣失誤，封印住重要記憶，卻疏漏嘍囉身上仍帶著其他明顯的線索。

「白雪姊。」阿瑛提醒白雪。「卓火秋最近忙著幹大事，沒理由在這時間點找冰爺麻煩，會不會是卓火秋的其他仇家栽贓嫁禍？」

「我知道。」白雪點點頭，又問：「妳說他們腦袋上的封憶術不夠高明，妳需要多少時間才能破解？」

「正規方法的話需要兩、三天吧。」阿瑛說：「但是用我們自己的辦法，大概只要半天左右。」

在陰間，類似封憶術的法術不少，破解之道也不少，能否破解、花費時間多寡，端看施術、解術者雙方的本事——阿瑛是符術專家，不僅懂得施展封憶術，也懂破解之法，且在白雪調教下，領悟了能夠加速破解封憶術的手段。

白雪則是刑求專家。

能夠加速破解封憶術的祕訣，就是極度的痛苦。

阿瑛將剩下的一支符錐，插入右邊那鬼的肩膀之中，然後點燃。

那鬼立時慘叫，並且激烈掙扎起來。

瘦高男人那細長而精壯的雙手，像是兩柄大鉗，牢牢扣住兩鬼後頸，並從雙肩竄出一節節骨節支架，彷如變態刑具般牢牢固定住二鬼的四肢和身軀。

阿瑛一面對著二鬼施展破解封憶術的法術，一面不停從寬大袖口裡捏出符籙，化為符錐，遞給白雪。

白雪像是頑童般，捏著一支支符錐扎進兩鬼眼睛、鼻腔、咽喉、鎖骨、腋下、膝窩、手指、胯間……再向阿瑛討要火符，點燃一支支符錐的尾端，將一朵朵火花，炸進兩鬼的魂身各處。

「鴻爺。」白雪捏著火符，笑咪咪地對鴻爺說：「這邊暫時沒你的事了，你先回家休息吧。」

「是！」鴻爺不是沒見過打打殺殺，但也被白雪這酷刑手段嚇出一身冷汗，此時聽到沒自己的事了，不由得鬆了口氣，但隨即又補充說：「走失的狗猿，我一定會負責找回來……」

「這你不用擔心，冰爺不會怪你，我們已經確定最近這些『邪獸』走失事件，是冰爺陰間的對手刻意派手下過來搞事，冰爺已經交給我全權處理。」白雪說：「之後有事情，我會再交代你。」

「是！」鴻爺聽白雪這麼說，立時帶著祕書、司機和負傷的嘍囉匆匆離開。

漆黑的辦公室裡，只剩下兩鬼此起彼落的淒厲慘叫。

# 肆

姜洛熙佇在距離飼料工廠數十公尺外的樹下，默默聽著身旁銀鈴和阿給轉述飼料工廠內的情況。

一小時前，鴻爺接到飼料工廠嘍囉回報，趕往飼料工廠時，姜洛熙便令阿給派出符蟲一路跟車找來；隨後在姜洛熙指示下，銀鈴和阿給施術迷暈負責監視家瑋住家動靜的兩名嘍囉，令鴻爺無從得知家瑋住家的後續變化，更不知道怪鳥和黑皮，已被姜洛熙收伏。

姜洛熙與家瑋和奶奶告別之後，立時趕往飼料工廠，且令螽叔和銀鈴也派出符蟲，悄悄潛入工廠偷窺鴻爺動靜，默默拼湊著近日怪物傷人事件的全貌——鴻爺與陰間勢力合作，在陽世豢養怪物，而那陰間勢力的競爭對手，則屢次派出嘍囉，破壞鴻爺的養殖場。

長髮女人白雪，剛剛曾提及「冰爺」二字，而現今在陰間，不論哪個傢伙喊「冰爺」二字，都是指春花幫苦水堂堂主閻冰。

長髮女人白雪、短髮女孩阿瑛、狗耳少年招福，以及那掐著二鬼的瘦高男人，便是苦水堂派來收拾殘局的團隊。

至於破壞閻冰養殖場的嘍囉，耳後那火字刺青，是陰間鬼盡皆知的烈火堂記號，雖然也有可能是陰間其他勢力刻意嫁禍給烈火堂，但姜洛熙從一年前盜虎團案件至今，與烈火堂勢力交手過數次，知道烈火堂堂主卓火秋脾氣焦躁、做事急進不顧後果，手段粗暴魯直，確實像是會幹這種事，且幹得如此拙劣的傢伙。

最近陰間有件大事，有個陽世財團家族御用術士過世之後，弟子反目成仇，各自下陰間招兵買馬，要全面開戰；卓火秋投入全部資源，幫助其中一名弟子，似乎想一舉將勢力伸進陽世。照理說在這關頭，卓火秋不應節外生枝去招惹苦水堂，而這也是剛剛阿瑛提醒白雪，可能是其他勢力栽贓嫁禍的原因。但卓火秋確實是那種玩女人玩到一半，會莫名其妙自信心爆棚，覺得有本事兵分多路、路路開花，進而一舉成王的自大狂。

引擎聲低鳴響起，鴻爺步出飼料工廠，乘上黑色轎車返家。

姜洛熙思索了幾秒，立時做出決定，與其耗在這兒等待白雪刑求鬼嘍囉，不如繼續跟蹤鴻爺，先弄清楚鴻爺與苦水堂的勾結始末，以及他在陽世究竟有幾間「邪獸」養殖場再說。

姜洛熙令阿給指揮符蟲繼續跟車，自個兒則等黑車駛遠後，趕去幾條街外，騎著機車，按照符蟲指路，遠遠跟在後頭。

凌晨十二點五分，鴻爺返家；十二點四十分，鴻爺上床入睡。

凌晨一點，姜洛熙來到鴻爺床前。

他雖不像倪飛能夠挖掘混沌，神不知鬼不覺地潛進任何地方，但在天賜法寶和四靈陰牌三鬼奴的幫助下，要摸進黑道角頭住家，卻也不算太難——他先以金磚寫了幾道靈符，令螽叔持靈符破解鴻爺住家周圍的邪術結界、阿給關閉監視器主機、銀鈴蠱惑守夜保鏢替姜洛熙開門，跟著三鬼長驅直入鴻爺家，逢人便施展鬼遮眼，掩護姜洛熙如入無人之境，大搖大擺地從正門進屋，直達鴻爺臥房。

「兒子，起床，我有話問你。」姜洛熙側身往床沿坐下，伸手拍了拍鴻爺的臉。

鴻爺睜開眼睛，見到姜洛熙，啊呀一聲瞪眼坐起，拉著姜洛熙的手，喃喃問：「爸……你怎麼來了？」

「我弄了張陽世許可證，上來看孫子，順便看你最近忙什麼。」姜洛熙對著身中銀鈴迷魂術的鴻爺說。「聽說你最近生意做很大，認識不少陰間老大。」

「是啊！」鴻爺半夢半醒地向「父親」述說自己是如何將老爸留給他的幫派，經營得有聲有色，他最近幾年開始向外縣市發展，甚至在貴人牽線下，結識陰間最大勢力之一的苦水堂閻冰，替閻冰在陽世養殖「邪獸」。

「邪獸？」姜洛熙問：「那是什麼東西？」

鴻爺說，閻冰發掘了一位非常厲害的術士，懂得以陽世活獸、山魅或者惡鬼，拼湊縫合出各式各樣的怪物，這些怪物同時具有陽世肉身和剽悍邪靈，又擁有數種動物的長處，經過訓練調教，在陰間能成為一支強大戰力。

「好比說狗猿！」鴻爺興奮地說：「手腳像猿猴一樣靈活，又有狗的忠心，雖然笨了點，但訓練成功的話，很好用，我在家裡也養了兩隻。老爸，你想看嗎？」

「你家裡也有？你養在哪裡？」

「地下室，老爸，我帶你去看。」鴻爺這麼說，立時就要下床。

「好。」姜洛熙起身，望了飄在鴻爺腦袋上方的銀鈴一眼。

銀鈴摟著鴻爺脖子，持續向鴻爺耳朵碎唸催眠咒語，令鴻爺相信他那二十年前命喪於一場黑道火拼的死鬼老爸，當真上陽世來探望他了。

鴻爺像個小孩般，雀躍地領著「老爸」走出房門，一路向下，來到地下儲藏室，拉開地板角落一片門板，來到地下二樓。

地下二樓有一扇門，門上裝著密碼鎖。

「老爸，你沒看過這東西吧，很神奇喔。」鴻爺回頭望了姜洛熙一眼，神祕兮兮地朝密碼鎖按了一串八位數字密碼，打開，裡頭是間數坪大的密室，靠牆擺著兩座角鋼架，架上是鴻爺飼料工廠生產的飼料。

鴻爺拎起半袋飼料，走出房、關上門，對著密碼鎖又按下一組八位數字密碼，再打開，是一間鬼氣森森、壁面古舊斑駁的密室，以及類似的角鋼架，架上擺了些皮鞭、符籙、法器和項圈等不知用來幹嘛的東西。

鴻爺拿起一條皮鞭，出來，關上門，第三度按下密碼，這次一口氣按下十二個數字，門打開，又是一處神祕空間，裡頭一左一右，並排著兩座大鐵籠，鐵籠上貼著一張張符籙，籠裡囚著兩隻狗頭猿身的怪傢伙，模樣和家瑋那黑皮一模一樣，但體型明顯大上許多。

兩隻狗猿一見鴻爺開門，立時撲在籠邊，喉間發出咕嚕嚕的低吼。

「幹嘛？想造反啊！」鴻爺斥責狗猿，同時一抖皮鞭，抽出一聲裂響，嚇得兩隻狗猿連忙退去，縮到角落。

鴻爺笑呵呵地轉頭，將姜洛熙喊來身旁，將手中飼料遞給他，說：「老爸，你可以餵牠們吃東西，牠們怕我這皮鞭，不敢亂來。」

「……」姜洛熙提著那袋飼料，抓出一把，隨意往籠中撒去。狗猿望著鴻爺半晌，這才小心翼翼地伏下身子，伸舌將一顆顆飼料掃進嘴裡——姜洛熙回想先前在飼料工廠外，聽阿給轉述符蟲所見情況，心知鴻爺辦公室裡的密碼鎖，和這兒的密碼鎖原理相同，第一道密碼僅能開鎖，第二道密碼除了開鎖之外，同時啟動咒術，通往陰間，第三道密碼則通往混沌。

鴻爺將邪獸養在自家混沌空間裡，而飼料工廠辦公室小門後的混沌空間，卻似乎是一座「空橋」，想來是銜接陰間冥船——白雪那夥人，自然不會常駐飼料工廠，而是搭乘冥船往來陰陽兩界，通過混沌空橋，與鴻爺在飼料工廠辦公室裡碰面交代任務。

此時姜洛熙雖未明問，卻也間接得知白雪與鴻爺平時的聯繫方式。他拋出幾把飼料，回頭望著鴻爺，問：「你說苦水堂堂主發掘的那位厲害術士，叫什麼名字？」

「名字……」鴻爺想了想，搖搖頭。「我只知道那術士姓『窮』，白雪姊好像很喜歡那位窮先生，喜歡到想嫁給他、跟他姓，她老是要我們叫她『窮白雪』……」

「窮先生、窮白雪……」姜洛熙聽得一知半解，追問半晌，總算明白那窮先生掌控一支煉獸團隊，替閻冰打造各種珍禽邪獸，白雪則是這支煉獸團隊內，專門負責馴服、管教這些邪獸的馴獸主管，另外也負責接洽和管理陽世的邪獸養殖場。

「兒子，為什麼閻冰要請你替他養邪獸？直接養在陰間不行嗎？」

「老爸，這是因為邪獸身體雖然不能算是活物，但也不是死肉，算是……半死不活的陽世肉身吧，這些東西吃陽世飼料、喝陽世水，還得定時曬曬太陽、呼吸新鮮空氣，不然長不好，所以冰爺和不同的陽世活人合作，看誰有本事養得更好，就能接到更大的訂單。冰爺說，之後他會選擇一個長期合作伙伴，那個人會得到苦水堂全部的訂單，苦水堂也會幫那個人，成為陽世最大尾的老大。」鴻爺這麼說的時候，神情頗為自信得意。

「兒子，你想當陽世最大尾的老大？」

「想。」

「可是閻冰不是還有其他陽世的合作伙伴？你有信心比其他人更好？」

「我有信心！」鴻爺說：「老爸，你忘記我們家以前就是靠養殖發家的嗎？其他傢伙哪有我懂養殖、調配飼料這些東西，我早派人調查過他們的養殖場，都亂七八糟的，哈哈哈。」

「哦？」姜洛熙問：「你知道閻冰其他合作對象，跟他們的養殖場位置？」

「我當然知道。」

鴻爺一口氣報出好幾個名字，有的負責提供本地活體動物給煉獸團隊、有的負責從海外走私動物入境。而專責養殖邪獸的傢伙，除了他以外，還有兩人在高雄、一人在屏東。

姜洛熙取出手機錄音，進一步向鴻爺細問這些傢伙的底細，直到他覺得足夠時，便讓銀鈴哄「兒子」回房睡覺。

在銀鈴的耳語下，鴻爺迷迷糊糊地回房躺上床，沉沉進入夢鄉；明天醒來之後，會將今夜與父親的會面談話過程，忘得一乾二淨。

# 伍

翌日清晨，姜洛熙坐在早餐店裡用餐，一面盯著手機螢幕上的大學課堂錄影畫面——天庭為了讓姜洛熙值勤時能兼顧課業，比照媽祖婆兼大道公乩身林君育，可以視情況申請「假身」代他上課，假身能透過雙眼，完整記錄課堂教學過程，轉化成影片傳進姜洛熙手機，讓他在閒暇之餘聽課，以免功課落後太多。

姜洛熙的腦袋本就聰敏，且因個性使然，不易沉迷世俗娛樂，對他而言，領籤辦案的空檔聽聽課，和一般人工作讀書之餘追劇打電玩，是差不多的意思，因此升上大學至今，儘管時常在上課時間外出辦案，卻也絲毫不曾怠慢課業。

同時他的個性平淡如水，假身在學校裡扮他十分容易，至今也未被同學看出破綻。

螢幕裡的教授語速極快，雙手也飛快比劃，這是因為姜洛熙開兩倍速播放影片；他僅花了二十餘分鐘，便上完一堂課。

他吸完最後一口豆漿，起身走出早餐店、跨上機車，騎向今日工作目標之一——他打算這兩天一口氣剷除所有已知的邪獸養殖場。

第一個目標，自然就是鴻爺那飼料工廠，但他沒有直闖飼料工廠，而是依據昨夜向鴻爺問出的個人資料，來到祕書住處。

祕書一人獨居，他做事謹慎，住家門窗外都懸掛著能張開邪術結界的符籙綴飾——這是苦水堂發放給每一位合作伙伴的護身符，畢竟這些陽世合作伙伴長期與陰間勢力來往、以邪術煉養邪獸，身上難免沾著陰邪氣味，比常人更容易招惹上徘徊於陽世的孤魂野鬼，甚至是凶死怨魂，這護身符能夠嚇阻野鬼，昨夜鴻爺住家也懸著好幾只這種符籙。

姜洛熙盯著繫在祕書家門上的符籙綴飾，見鐵門外、以綴飾為中心，張著一面若隱若現的黑色符陣。

他隨手取出金磚粉筆，往掌心畫了道咒，托掌朝著符籙綴飾鼓嘴一吹，吹出一股金風，瞬間吹散那黑色符陣。

陰牌三鬼在他身後現身，螽叔托來一疊符紙，姜洛熙接過後畫出幾張符，三鬼各自拿著幾張符，穿門入戶，將祕書家中各處邪術結界一一驅散。

銀鈴在廁所找著正在如廁的祕書，將金符往他胸口一扔，破了他的護身符，跟著上前攬住祕書的頸子開始耳語，轉眼讓祕書作起白日夢，半夢半醒間拿衛生紙擦淨屁股，搖搖晃晃出來。

客廳裡，阿給則替姜洛熙開了門。

姜洛熙和昨晚一樣，向祕書套了些話，同時交代了一件事。

□

不久之後，姜洛熙抵達鴻爺的飼料工廠，先令阿給放出符蟲探路，確認工廠裡頭空無一人，便大搖大擺地自正門走入──祕書在銀鈴迷術的蠱惑下，將姜洛熙認成了鴻爺，乖乖按照姜洛熙的指示，向飼料廠一票嘍囉發出群組簡訊，要大夥兒今天別到工廠上班，而是前往市區一間酒店集合；祕書稱鴻爺今日心血來潮，包下整間酒店，要好好犒賞兄弟們，還準備了一批厚重紅包，人人都有。

祕書發完訊息，便沉沉睡死，他的手機被調成靜音，按照銀鈴迷術的效力，他應當會一直睡至太陽下山。

姜洛熙摸上二樓辦公室，來到昨晚那小陽台鐵門前，按照鴻爺供出的三道密碼，輸入第一道密碼，開門，門外是小陽台；他關上門，輸入第二道，開門，外頭是陰間。

陰牌三鬼驅使符蟲，飛入陰間，四處探了探，什麼也沒有。

姜洛熙再次關門，輸入第三道密碼，開門，門內是一面灰壁──按照鴻爺的說法，倘若白雪乘坐的冥船未與混沌空橋連接，門打開便是一堵牆。

他步出辦公室，往下來到地下一樓長廊，瞧了瞧兩側一扇扇鐵門上密密麻麻的符籙，思索片刻後決定策略——昨晚天差下凡帶走黑皮和怪鳥，今晨傳下消息，稱那些「邪獸」並非陽世活物，其肉身半生半死、魂魄則是強行植入獸體的邪靈或是山魅，姜洛熙的七寶能夠有效克制。

姜洛熙一口氣砸出四張尪仔標，火尖槍、混天綾、乾坤圈、風火輪各就各位，也不畫金符破壞邪術結界了，直接甩動混天綾左右掃打，將一扇扇鐵門上的邪術符籙盡數燒毀。

「嘎吼——」隨著第一聲獸吼之後，長廊裡迴盪起一聲又一聲的吼叫，顯然是房間裡的傢伙察覺到鐵門禁錮術力消失，躁動了起來。

轟隆、轟隆隆！沉重的劇烈撞門聲接二連三響起，磅噹一聲，深處廊道有扇門被撞開了，走出兩隻狗猿，跟著，越來越多鐵門被撞開，更多邪獸走出，大多數是狗猿，少數則是模樣古怪、體型壯碩的巨犬。

陰牌三鬼在姜洛熙身後現身，手上持著姜洛熙事先畫好的金符。

「吼——」一隻體型最為壯碩的狗猿帶頭衝鋒，朝著姜洛熙直直衝來，身後其他狗猿和巨犬立時跟上。

姜洛熙以火尖槍向前一指，身後陰牌三鬼立時拋出金符，金符在姜洛熙身前化出一道金牆。狗猿們狂野衝來，卻轟隆隆地撞上金牆；奔在前頭的邪獸被金牆神力震得頭昏眼花，後頭的邪獸煞不住腳步，撞成一團。

姜洛熙挺槍亂刺一陣，轉眼便刺倒好幾隻狗猿。

陰牌三鬼施法推動金牆前進，幾隻沒捱著火尖槍的狗猿們，由於畏懼金牆的刺眼光芒和熱燙溫度，紛紛要往後退，但後方幾隻沒被燙著、不知金牆厲害的狗猿，仍莽撞往前擠，後退的狗猿和前進的狗猿開始互相推擠咆哮起來。

姜洛熙繼續刺倒幾隻狗猿，指揮三鬼繼續前進，一路推進至長廊盡頭，只見金牆後方僅剩五、六隻瘦弱狗猿和夾著尾巴哀鳴的怪犬，便下令三鬼撤去金牆，甩動混天綾將這些狗猿和怪犬纏捆起來，一一貼上金符，等候天差領回天庭研究。

他離開飼料工廠，來到一處僻靜地點看完兩堂課堂影片，找個地方吃過午餐，來到第二座邪獸養殖場。

第二座養殖場的主人正職是養雞，邪獸養殖場就增建在養雞場旁邊，設備簡陋，也不像鴻爺那飼料工廠有一群嘍囉看管；但由於位置偏僻，因此至今尚未出事，頂多在收到苦水堂警示會有陰間仇家上門找麻煩後，將備用的符籙綴飾，一股腦兒地全掛上而已。

姜洛熙找上門時，那六十來歲的養殖場主人猶自在養雞場內忙進忙出，當他聽到姜洛熙自稱領著神明籤令，此行專程來砸他養殖場時，本來氣呼呼地拿著棍棒要驅趕姜洛熙，但見整座養雞場的大雞小雞全騷動啼叫起來，不由得有些心虛，跟著又見姜洛熙整個人飛上躍下，甚至橫著身子踩在牆壁上行走，像是在視察養雞場周遭的環境，雙腿還拖曳著若隱若現的火光，這才不得不信姜洛熙真是神明派來的使者，只得哭拜認錯，招供是半年前找上門的「陰間朋友」，聲稱能救他癌末病妻，他才答應替那陰間朋友養怪物，直到最近聽說了怪物出沒傷人的傳聞，心中著實擔心害怕。

銀鈴在他耳邊對他說，生死有命，過往那些期盼與陰邪勢力勾結，就能治病續命的傢伙，最終沒有一個有好下場；要是他現在收手，他那病妻還能安穩地走，要是他執迷不悟，一錯再錯，只怕要把自己也賠進十八層地獄了。

養雞場主人膝蓋一軟，下跪磕頭，哭喊自己錯了，祈求神明原諒。

姜洛熙來到養雞場旁的邪獸養殖場，不等主人幫忙開門，直接以金符破了四周邪術結界，開門瞧見裡頭無人，只有一堆碩大如同鴕鳥般的凶暴巨雞，二話不說擲尪仔標招出火尖槍，進去一槍一隻，只留下四、五隻幼雞和兩隻母雞，貼上金符，等候天差來帶。

傍晚時分，姜洛熙來到鄰近澄清湖的一處高級透天別墅社區外，目不轉睛地盯著整排透天別墅，很快就見到其中一棟別墅，隱隱透著異樣氣息——鴻爺僅知道其他幾間養殖場的大致位置，無法提供具體地址，但苦水堂提供的護身符透出的陰氣，卻變成姜洛熙確認養殖場位置的利器。

鴻爺說這位於澄清湖畔的養殖場主人是大學退休教授，不知何故與苦水堂搭上線，替閣冰養殖邪獸，據說這教授在別墅裡飼養大量飛禽，前陣子遭人蓄意破壞，走失了一批飛天邪獸，昨晚襲擊黑皮的怪鳥，很可能便是自別墅逃脫的那批傢伙之一。

昨晚鴻爺神祕兮兮地對姜洛熙說，年初他們幾個養殖場主人，受苦水堂閣冰邀請，下陰間聚餐，幾個養殖場主人彼此不熟，不願對其他人透露太多養殖細節，但那教授酒過三巡，神祕兮兮地吹噓自己不但替苦水堂養飛禽，甚至還想出絕妙方法豢養水獸，至於那「絕妙方法」為何，教授便不再細說了。

但當姜洛熙破解教授家中的邪術結界，潛進屋裡，先攻破別墅三樓的鳥園，「銷毀」數十隻怪鳥後，將整間屋子搜了一遍，分別在通往樓頂的門，與地下室其中一扇門上，見到兩道一模一樣的電子鎖時，心中便隱隱猜著那教授飼養水獸的「絕妙方法」為何了——由於教授尚未返家，姜洛熙便將剩餘的幾隻怪鳥和一批鳥蛋貼上金符，等候天差領取，再趁著空檔又看了幾部課堂影片，直到收到門外把風的阿給通知，這才下樓等教授進門。

門剛打開，被銀鈴攬著頸子的教授，便主動向姜洛熙供出地下室密碼鎖的三道密碼。

姜洛熙下樓，分別按下密碼之後開門，只見陽世房間裡是數櫃與水產養殖相關的書籍，陰間房間裡則堆放著各種飼料。

最後，那混沌空間，比起鴻爺飼料工廠裡的混沌空橋，可要寬敞許多，猶如一處地下魚池，且池裡另外造了一條混沌通道，通往澄清湖底，竟是直接引入澄清湖的水來養殖水生邪獸。

教授半夢半醒間，吹噓自己的構思太棒，讓閻冰願意大手筆聘請混沌術士，外加提供維持混沌空間運作的巨型混沌儀，助他打造這處連通澄清湖的地下魚池。

阿給蹲在魚池旁，張望半晌也不見水中有什麼動靜。教授說此時數十隻水獸還在澄清湖裡悠哉游晃，直到接近午夜零時，才會返回魚池用餐——這批水獸的嘴上戴著特殊口罩，必須使用特定符籙才能打開——這點子也是他想出來的，閻冰對這點子同樣讚譽有加，特地差人打造了一批口罩。這批水獸戴上口罩之後，至今被教授調教得服服貼貼，閻冰還為此大大犒賞教授一番，決定找更多工匠替不同邪獸打造專用口罩，以利後續馴養。

姜洛熙問教授為什麼替閻冰做事，教授說自己退休之後，閒來無事，就想找點有趣的事情玩玩。

姜洛熙又問教授從閻冰那兒得到了什麼好處。教授說，閻冰派出鬼使，替他狠狠修理過去學校裡的一些仇家，包括相處不睦的教師同僚、頂撞過他的學生、追求無果的女老師、曾與他發生行車糾紛的車主、討人厭的鄰居……教授說，閻冰每月會給他幾張符，只要燃符，就能招來鬼使，告訴鬼使仇家的身分資料，鬼使便會按照他的吩咐，給予那人相應的後果。

自從去年與閻冰合作至今，過去時常與他起爭執的學校同事墜樓死了、曾頂撞過他的學生車禍重傷、三十年前嫁給別人的女老師的丈夫意外身故、半年前與他發生行車糾紛的車主無端墜樓、討人厭的鄰居持刀自刎。

教授說現在的他就像是人間的王，要誰生就生，要誰死就死。

他還說自己最近看上一位小他四十歲的女人，已經指示鬼使將對方的生活起居調查得一清二楚，第一步就是先弄死她男朋友，然後藉由主動關懷她來展開追求，屆時若她不賞臉，那就弄死她，再尋找下一個目標。

他說這個月的符已經用盡，再過一週，他就能獲得三張符，來施行他的計畫。

姜洛熙面無表情地聆聽退休教授炫耀似地大談自己的交友計畫，又問了他平時調教、餵養水獸的方法和步驟，教授也毫無保留地全盤托出。姜洛熙邊聽邊取出金磚粉筆，連畫數道金符交給阿給，同時也交代他幾件任務。

阿給似乎對姜洛熙交代的任務十分感興趣，笑嘻嘻地逐一完成。

教授還額外提到一件事——他聽說鴻爺的養殖場最近走失了一批狗猿，便主動向苦水堂說自己能替鴻爺找回那批走失的狗猿，而他想出的辦法，就是向苦水堂討幾隻狗猿，再用那批狗猿訓練自家鳥獸。前兩天他放出了一批鳥獸，真抓回幾隻狗猿。他將找回的狗猿拍照回傳給苦水堂後，便將那些負傷狗猿當作鳥獸的狩獵獎勵，任鳥獸分食殆盡——他這麼做的用意，自然是向苦水堂展示自己的能力更在鴻爺之上，鴻爺走失且找不回的狗猿，他輕輕鬆鬆便能找回。

姜洛熙這時才知道，那晚襲擊黑皮的怪鳥，原來是這麼來的。

接下來數小時，姜洛熙都待在混沌魚池裡，一口氣看完十餘堂授課影片，直到接近午夜零時，他突然站直身子，收起手機，默默地盯視著魚池水面。

半晌之後，魚池水面泛起陣陣波瀾。

被銀鈴按跪在姜洛熙椅旁的教授，拍手嘻笑說：「來了來了，水獸回家吃飯了！」

只見魚池一角擺著一個計數器，數字從原本的「零」開始跳動，越跳越快——這混沌魚池底部水道通往澄清湖的出入口處，裝設著特製感應器，能夠偵測每隻水獸口罩上的「編號」，因此水獸平時的出入，皆在教授掌握之中。每夜零時過後，那些貪玩逗留在湖裡的水獸們，不僅無法用餐，且口罩內側也會緩慢生長出尖刺，直到水獸乖乖返回魚池。

每晚，教授都會視情況給予水獸們獎勵或懲罰。完成教授指定特技動作的水獸，會得到額外的點心，遲到或是屢教不會的水獸，則只能吃摻入了會令舌頭麻癢難受的特製飼料；更嚴重者，就得接受教授各種異想天開的古怪刑罰，甚至處死。

教授雖然退休了，但他在這地底魚池裡，得到比過去當教授更為滿足的授業過程。計數器跳動至五十二之後，終於停下——這數字與教授供出的數量一致。

姜洛熙轉身走出魚池鐵門，回到陽世地下一樓廊道，關上門。

教授終於回過神來，見水獸們紛紛將頭探出水面，不由得啊呀一聲，嚷嚷叫：「怎麼回事？我怎麼跪在這裡？現在……十二點啦？回家吃飯啦……」他連忙撐地站起，只覺得雙膝疼痛，不明白自己為什麼莫名其妙來到這魚池下跪，按照雙腿痠麻、膝蓋痛楚的程度，應當跪了頗長一段時間。

他踉蹌走向大置物櫃前，揭開櫃門，取出平時慣用的教鞭，跟著從一疊紫符上方捏出一張，持打火機點燃。

那紫符燃起一叢淡紫色的小火苗，燃燒極慢。

教授右手揚著教鞭，左手捏著紫符，轉身朝著擠來魚池邊緣，甚至攀上岸邊的水獸，吆喝一聲，一隻隻水獸像是聽見長官號令的士兵般，唰地挺直身子。這批水獸模樣迥異，有些模樣近似章魚，黏軟人形軀體上生著十餘條觸手；有些像是甲殼類，全身包裹著厚重甲殼，有足肢和大螯；也有不少怪模怪樣、三頭或是四頭的魚，魚鰭特化成奇怪的足肢，即便上了岸，也能四處爬動。

至於牠們的「口罩」，則是由釘在口部四周的八枚奇異符釘，所形成的半透明紫色符籙結界。

隨著教授手中的紫符漸漸燃燒，水獸們嘴上的「口罩」，開始漸漸變得透明。

「今天不囉唆了，開飯吧！」教授或許是因為雙膝跪得疼痛，沒力氣像往常那樣訓話，他見水獸們沒有因為他的恩賜而歡欣鼓舞，便隨手甩動教鞭，發出「倏」的一聲，嚇得水獸們身子一顫，連忙舉起螯肢、觸手、魚鰭，嘩啦啦地擺出感謝教授的姿勢。

教授瞧了瞧手中的教鞭，不知怎地，他覺得今日教鞭抽動起來不太順手，不如往常那般威風。

水獸們似乎也注意到這一點，儘管仍擺出服從教授的姿勢，但眼睛全部直勾勾地盯著教鞭——那支教鞭蘊藏著強大咒力，每一記抽動，都能讓水獸們全身痠軟無力。

兩隻值日水獸，手忙腳亂地爬到餵食區，一個捧出一疊塑膠臉盆，像是拋飛盤般往水獸們扔擲，另一隻則拖出一只裝盛飼料的大桶，用觸手捲著塑膠大水杓，在桶中攪動。

那些接著塑膠臉盆的水獸們，乖乖在負責盛裝飼料的值日水獸前排列成隊，用臉盆盛接飼料。

教授坐在角落，一手晃動教鞭，心中猶自思索著今日是怎麼回事，為何想不起這數小時間發生的事。他取出手機，瞧瞧想追的女孩有無回覆他的示愛訊息——沒有。

他先是有些失望，跟著有些憤怒，再來有些興奮——他開始思考下個月從白雪手中接過鬼符之後，究竟要對鬼使下達什麼樣的命令才好。他其實已有幾個腹案，例如令鬼使附身在女人的男友身上勾搭其他女子，待女人傷心欲絕時，他再扮演老紳士安慰女人——但這過程頗為繁瑣，且也未必能成功。過去他也曾看上其他女人，用過這套把戲，但當時女人即便傷心，仍對他不屑一顧，可把他氣壞了，直接令鬼使附身女人陪他上旅館，逞完獸慾後，再令鬼使附身女人投湖自盡，然後令水獸將女人屍身帶回魚池當點心分食。

「妳別不識好歹啊……」教授盯著手機螢幕，哼哼地說，突然聽見水獸用餐隊伍發出騷動，只見捧著臉盆各自散開用餐的水獸們紛紛怪叫，有的將飼料撒了一地；有的捧腹大吐；有的憤怒嚎叫；有的扔下臉盆惡狠狠地瞪著教授。

「幹嘛？造反啦！」教授連忙起身，重重地一甩教鞭。

僅有幾隻盯著教授動作的水獸們，被教授抽鞭動作嚇得身子一縮，但其餘水獸，則像是感受不到教鞭咒力般，毫無反應。

「怎麼……回事？」教授愕然地翻看手上的教鞭，反覆抽動數下，但絲毫沒有任何效果。

同時，更多水獸扔下臉盆，將飼料砸撒滿地，惡狠狠地望向教授——在姜洛熙指示下，阿給在飼料桶裡加了料，是姜洛熙畫的驅魔金符和幾道螽叔獨門符咒，和飼料攪和均勻，水獸大口吃下，只感到口舌麻癢刺痛，吞嚥下腹後反胃噁心。

水獸們不明白為什麼自己乖乖聽話，教授卻仍給牠們吃這種難以下嚥的東西，但見教授手裡握著教鞭，儘管憤怒，仍不敢輕舉妄動。

教授見所有水獸望向他的眼神中隱隱流露不善，不由得感到有些害怕，緩緩挪移身子來到鐵門前，反手往鐵門密碼鎖鍵入密碼，卻聽見錯誤提示音——姜洛熙詢問過教授修改密碼的方法，剛剛一出門，立即更改了密碼。

「咕嚕——咕嚕——」

水獸們的肚子紛紛發出飢餓的聲響，飢餓的聲響彷彿會傳染般，隨著第一聲咕嚕響起，很快便此起彼落地交鳴起來。

教授再次抽甩了幾下教鞭，但水獸們依舊毫無反應——教鞭上那調教邪咒，也被姜洛熙畫金符給破解了。

教授被迴盪在魚池密室裡的飢餓咕嚕聲嚇壞了，奔去大櫃翻找半晌，本來擺放零食和點心的櫃格，此時竟空空如也。那些零食和點心，全被阿給扔了。

教授驚慌失措間，隱隱感到大事不妙，腦袋裡胡亂拼湊起眼前種種資訊——現在到了水獸們的用餐時間，但不知道為什麼，飼料似乎難吃到令水獸們十分憤怒。

櫃子上的零食和點心不知道為什麼，全沒了。

鐵門密碼鎖不知道為什麼，怎麼按都錯。

教鞭不知道為什麼，好像不太靈光。

此時整座魚池裡可供水獸食用的東西，只有一個。

那就是自己。

浮現在教授腦海裡的每一則訊息，拼湊成一個結局——地獄逐漸逼近。

他猛地想到還有一個保命手段，連忙來到小桌邊，從白瓷碗裡拿起燒至一半的紫符，大力扯碎——這是苦水堂留給他的一項保命措施，燃燒極緩慢的紫符，一旦撕毀，便會失去效力，會令水獸立即覆上口罩。

儘管他不知道飢餓焦躁的水獸戴上口罩之後，會不會因此乖順，但至少能令水獸明白今晚無法進食了。

果然，水獸們騷動起來，紛紛扒抓起嘴巴，嘴巴四周的符釘，重新結起符籙口罩。但下一刻，淡淡一叢火自魚池上空亮起，是隻古怪金龜，啣著一張燃著小火的紫符，在魚池上方盤旋。

水獸們嘴巴上的口罩又散去了。

「啊！那是什麼？」教授望著那金龜，驚慌失措起來，跟著聽見置物櫃傳來一陣嗡嗡聲，更多古怪符蟲，將置物櫃裡的紫符全咬了出來，飛到金龜上方待命——因為紫符的奧祕，也早被姜洛熙問出，因此也令陰牌三鬼留下一批符蟲，倘若見教授撕符，便重新點燃紫符。

「為什麼？到底為什麼？」教授想破腦袋也想不到眼前這情況究竟是怎麼一回事，他急忙摸找手機想向苦水堂求救，但他的手機早被姜洛熙扔進了魚池。

就在驚恐之間，教授見到一隻狀似古怪大蟹的水獸來到他面前，嚇得猛然舉起教鞭，往那大蟹嘴上重重敲去。大蟹舉螯，鉗住了教鞭，喀嚓一聲，將教鞭挾斷成兩截。

所有水獸們見到心目中那神聖不可侵犯的教鞭斷成了兩截，立時興奮躁動起來，瘋狂撲向教授，舉起大螯、揮甩觸手、伸出長鰭，一點一點地從教授身子扯下「晚餐」往嘴裡塞。

此時水獸們不僅是用餐，更是洩恨、是復仇。

不到五分鐘，教授已經消失無蹤，連衣褲碎片、血跡、肉屑都所剩無幾，大批沒吃飽的水獸們，猶自仔細搜刮飛濺在地板上的肉屑和血跡。

幾隻水獸躍回魚池，牠們的口罩遲遲沒有重新生出，一旦離開這混沌魚池，便能回到澄清湖中覓食湖中魚兒，甚至上岸食人。

但通往澄清湖的地下水道亮起金光，將幾隻試圖進入水道的水獸逼了回來——魚池裡早有啣著金符的符蟲待命，而在水獸爭食教授的同時，在外的姜洛熙便施術令金符生效，張開結界，阻擋水獸逃離混沌魚池。

魚池四周的壁面紛紛耀起金光，能夠震懾邪靈的金符一道道亮起。

喀啦一聲，鐵門打開，姜洛熙提著火尖槍，腳踏風火輪，走進混沌魚池，反手關上門。

門內響起水獸們的聲聲哀嚎。

十分鐘後，哀嚎與打鬥聲漸漸止息。和前兩間養殖場一樣，姜洛熙留下了幾隻水獸，貼上金符，帶上頂樓等候天差領取。

與前兩間養殖場不同之處，是姜洛熙多燃了一道符通報陰差，知會牛頭馬面，前來將肉身被水獸分食的教授魂魄，帶回陰間城隍府問訊。

姜洛熙特別提醒陰差，自己會將剛剛錄得的教授口供回傳上天，天庭會持續關切後續發展。

兩名陰差聽出姜洛熙話中意思，只說自己所屬的城隍府和苦水堂閻冰沒有往來，下去之後會盡快調查，用最快的速度將教授送去閻羅殿審判。且從他們過往的經驗判斷，按教授的所作所為，十八層地獄是下定了。

剛剛成鬼的教授，腦袋還渾渾噩噩，尚不知自己剛剛整副身子從有到無的整段過程，只是踏進地獄的開始，而非結束。

# 陸

深夜，白雪蹺腿坐在鴻爺飼料工廠二樓的辦公室中央，睨眼盯著站在辦公桌那兒，正氣急敗壞地朝電話那端的祕書大吼大叫的鴻爺。「放屁，我什麼時候跟你們說今天不上班，改去酒店的？你現在立刻把人通通帶回工廠！工廠出大事啦，狗猿全跑光啦！你他媽——」

然而，此時白雪身下坐著的卻不是椅子，而是一個男人——是昨晚那西裝筆挺的瘦高男人。瘦高男人的姿勢詭異，雙肘和膝蓋著地趴伏在地，猶如一張長凳，任白雪端坐在背上。他後背脊椎、肋骨似能任意變形，不像常人躬身伏地的形狀，而是變化出能完美容納白雪屁股的淺槽，猶如一張人體工學凳。

男人在白雪團隊裡本來有個名字，但白雪只喊他「沙發」，時日一久，阿瑛和招福也這樣叫他，漸漸地，男人在白雪團隊裡的諢名就叫沙發了，只是團隊成員與外人談及男人時，為了避免對方將男人的諢名和真正的沙發混淆，便會額外再加上男人的姓——歐陽沙發。

「安靜。」白雪並未特地拉高說話音量，而是使了點法術，令說話聲直接在鴻爺的腦袋裡響起，嚇得鴻爺立即閉嘴。

「招福打電話來了。」白雪這麼說，接起電話。

「雞場被抄了，雞場主人跑了，家裡也沒人。」狗耳少年招福這麼說。

「知道了，你先回來。」白雪點點頭，結束通話。

「白雪姊……」鴻爺喃喃說：「是……都是我不好，我應該更認真盯著那些傢伙……」

「閉嘴。」白雪望也不望鴻爺一眼，說：「你別高估自己……烈火堂那些鼠輩派人破壞我們養殖場，放邪獸流竄傷人，就是為了引起天庭注意，派乩身抄我們場子，現在的結果，就是那些鼠輩一開始的打算，你再認真也防不了他們。」

「是……」鴻爺搓手點頭，一時也聽不出白雪這話是體諒自己，還是指自己無能。

白雪的手機再次響起，是短髮寬袍女孩阿瑛打來的，她已經抵達澄清湖畔，遠遠見到別墅樓頂擠著一批鳥獸，腦袋上泛著金光、動彈不得，知道教授負責的養殖場也被神明乩身抄了，便立時將情況回報給白雪。

「知道了，妳先回來。」

白雪掛上電話，沉思半晌，轉頭望向鴻爺，問：「你之前說有個孩子不靠法術，就把狗猿調教得服服貼貼？」

「是……」鴻爺連連點頭，再次向白雪說明家瑋的情況。

白雪默默聽完，只和鴻爺說，苦水堂找陽世活人幫忙養獸這件事，已被天庭神明盯上，得休息一段時間，要他平時行事低調點，別惹是生非，等風頭過了，才會再聯絡他。

鴻爺連連點頭稱是，心中大石放下——他與苦水堂合作至今，看過幾次白雪刑求的手段，今天睡到傍晚才醒來，迷迷糊糊地找不著手機，只當忘在飼料工廠的辦公室裡，但等候許久，也不見司機來接他，只得自個兒招了輛計程車趕來飼料工廠，卻發現工廠空無一人，且地下養殖密室每扇門都開著，裡頭空空如也，知道大事不妙，趕忙緊急聯絡白雪。

他本以為自己死定了，但白雪像是早料到會有這種情況般，雖然臉色不佳，卻也沒有責備太多。

他自始至終，都不知道自己昨晚中了銀鈴迷術，還被姜洛熙取走手機，直到白雪離去，他猶自氣呼呼地在辦公室裡翻箱倒櫃地尋找手機，心想等等祕書帶嘍囉們回來時，非得好好教訓那些傢伙不可。

□

清晨天將亮時，白雪四人站在距家瑋家數百來公尺外山坡上的一棟建築樓頂，一齊盯著阿瑛手上那平板電腦螢幕上的空拍畫面。

鏡頭遠遠朝向家瑋家的樓頂，跟著倏地拉近，聚焦在鐵皮棚下一處雜物堆上方那隻體型碩大的橘貓身上。

這橘貓體態高眺健壯，站在雜物堆高處，瞧瞧這兒、望望那兒。除了大橘貓外，樓頂還有另外幾隻貓，或趴或站地待在各處。儘管這些貓兒神情悠哉，但他們窩身的位置卻像是經過特意安排，猶如防禦陣形般，將整個頂樓空間乃至於下方的家瑋家，守護得密不透風、毫無死角。

「那就是天庭猛虎級虎爺的御用貓乩？」白雪盯著螢幕。「怎不像傳聞中威風，看起來懶懶散散的……」

白雪還沒說完，只見那大橘貓張嘴打了個大大的哈欠，跟著扭身躺倒，慵懶地伸了個懶腰，瞧著自己的爪子張張闔闔。

「嗯？」白雪正覺得奇怪，只見另一端走出一隻體型消瘦的橘貓，步伐一拐一拐的，在空曠處繞轉一圈，突然轉頭瞪向鏡頭，目光如電，背後若隱若現地張開一張金黃披風。

「鏡頭」像是受到驚嚇般震了一震，跟著急轉直下，俯衝墜落，直到快要接近地面時，才又重新拉高，在巷弄間胡亂繞了繞，跟著斜斜飛遠，繞了好大一圈，返回白雪四人面前。

這「鏡頭」，原來是隻模樣古怪的燕隼，腦袋上戴著特製頭盔，眉心處有個小小的攝影鏡頭，頭盔有幾條線路，連接著胸口上那件特殊戰甲——白雪四人所見的空拍畫面，便是由這燕隼頭盔上的攝影機所攝。

「辛苦了，子彈。」白雪舉起纖纖玉手，接過這隻全副武裝，名叫「子彈」的燕隼。

「主人！」子彈興奮且緊張地說：「我見到傳聞中的猛虎級下壇將軍啦！」

「我知道，我看見了。」白雪微笑點頭，伸出食指中指，輕輕撫摸子彈腦袋，喃喃說：「原來那隻瘦的，才是那猛虎將軍的貓乩。」

「想想也是，據說那隻貓乩工作超過二十年，是隻老貓了……」阿瑛隨口答腔，見白雪遠遠盯著家瑋家，彷彿若有所思，便問：「白雪姊，妳想擄那孩子回去研究？」

「不。」白雪呵呵一笑，搖頭說：「一個乳臭未乾的孩子有什麼好研究的，幾百隻狗猿裡，總有一、兩隻親人的，剛好給他碰上罷了。」

「不賭賭看？不行就算了。」阿瑛這麼說，跟著又說：「我想辦法引開那些貓乩，替招福製造機會擄人。」

「引開那些貓乩？」白雪哈哈大笑了幾聲，說：「我從剛剛到現在，腦袋裡想著的，是如何弄幾隻貓乩回去給窮哥研究。要是窮哥知道我們扔下滿山珍寶，就為了撿這顆石頭，肯定會很失望吧。」

「白雪姊！」阿瑛這才聽懂白雪的目標是那批貓乩，不由得提醒她：「閻冰爺叮嚀過我們要小心，別玩過火……」

「我不是玩，我是認真想幫窮哥、幫苦水堂弄些好東西回去。」白雪轉頭望向阿瑛，眼神冷若冰霜。「妳覺得我在玩嗎？」

「不。」阿瑛連忙低頭說：「白雪姊怎麼吩咐，阿瑛都會全力去做。」

「乖。」白雪托著阿瑛的下巴，湊近親了親她額頭。

阿瑛像是獲得老爺臨幸寵愛的婢女般，望著白雪的眼神充滿感激。

「好好來想想，怎樣帶份大禮回去給窮哥吧。」白雪伸了個懶腰，揚手彈了記響指，身後歐陽沙發立刻跪地化為人體椅子——但今晚歐陽沙發與昨晚那「橫凳」模樣有些不同，他背對白雪，撐身跪地、屁股抬高，上背變形向上延展成「椅背」，下背和屁股則是「椅墊」，而隨著上背部一起變長的雙臂，則扭曲變形得更加詭異，上臂朝座墊方向彎曲生長出「椅臂」，前臂則斜斜撐地成為「椅腳」。

他那套灰色西裝，並未隨著身體變形而撐破，反而完美地包覆每一處變形骨骼與肌肉，彷如是塊最稱職的「沙發布」。

下一刻，歐陽沙發的喉間咕嚕一聲，一身背肌緩緩蠕動起來，猶如按摩椅。

白雪滿意入座，雪白左腳抬起，抖落黑高跟鞋，擱上右膝。

招福立時蹲跪在白雪腳邊，捧起白雪左腳親吻舔舐、抿咬吸吮。

阿瑛則站在白雪身旁，替她捏臂捶肩。

白雪露出放鬆的表情，享受起這全套按摩服務。她望向家瑋家，與眾人討論接下來的捕虎行動，以及連破三間邪獸養殖場的姜洛熙。

「雖然上頭要我們盡量別與神明乩身正面衝突，但我聽說他只是個實習乩身，要是讓個實習乩身這麼輕易掃光冰爺地盤，未免太丟苦水堂的臉了。」白雪放下左腳，改抬起右腿擱上左膝，抖落高跟鞋，繼續讓招福舔腳。

阿瑛輕輕按揉白雪的腦袋，說：「是啊，那實習乩身明天大概就會殺進屏東那座邪獸場了，我們不如通知阿強做點準備，好好招待那實習乩身。」

「好，就這樣辦。」白雪點點頭。

# 柒

翌日午後，陌青坐在王小明駕駛的廂型車後座，和手機視訊畫面裡的姜洛熙揮手道別。「洛熙，注意安全。」

鳳仔和陌青臉貼著臉，盡可能將自己的臉也擠進視訊畫面裡。「洛熙，聽到沒，要注意安全。」

「你們也是。」視訊畫面那端的姜洛熙，跨坐在機車上，戴上安全帽向陌青道別後，切斷視訊通話，朝位處屏東的最後一間邪獸養殖場出發。

陌青收起手機，湊近車窗，望著漆黑朦朧的天空，這兒是陰間，斜前方那老公寓四樓，即是陽世家瑋家。

姜洛熙從鴻爺口中得知他之所以派人監視家瑋，是好奇家瑋究竟用了什麼方法，將狗猿管教得服服貼貼——即便是經歷過江湖惡鬥的鴻爺，也絕不敢在手無寸鐵、沒有符籙結界的保護下，和狗猿同處一室。

鴻爺還將家瑋這調教邪獸的本事，向白雪報告過。

因此姜洛熙猜測白雪有可能盯上家瑋，平時便令將軍率領著六隻接班貓乩，駐守在家瑋家樓頂；還令王小明將「移動基地」廂型車，停駐在家瑋家陰間巷弄附近，叮囑鳳仔和弦月待命留意四周動靜。

這些天，陌青也在車中陪伴弦月，她每日聽返回廂型車的姜洛熙向她述說自己攻破養殖場、「銷毀」邪獸的過程，覺得有些不忍。

她覺得那些邪獸實在無辜，先是無端被養成，然後無端被銷毀，從出生到生長再到消逝，錯的是那些陰間黑道和陽世混蛋，神明卻令姜洛熙前去「銷毀」最無辜的牠們。

「今天洛熙又要『銷毀』一堆邪獸了。」陌青幽幽地說：「牠們明明沒做什麼壞事……」

駕駛座上的王小明聽了，呵呵笑說：「沒辦法啊，那些邪獸會吃人耶，不銷毀的話，難道要神明在天上開一間牧場養牠們？」

「我知道啦……只是覺得牠們可憐而已，而且負責銷毀他們的洛熙也很無辜……」

「姜洛熙最沒差吧！」王小明嘿嘿笑著，模仿起姜洛熙平常那淡然的語氣，說：「他一定會說『妳打擬人針陪我吃炸雞時，會去想炸雞無不無辜嗎？』哈哈，我學得很像吧！」

□

傍晚時分，姜洛熙抵達屏東枋寮的邪獸養殖場外。

那是一座鄰近工業區的廢棄廠房，據鴻爺說這間邪獸養殖場的主人強叔，和他一樣具有黑道背景，江湖地位甚至高他一截，背後還有當地民代撐腰。

這間廢棄廠房在成為邪獸養殖場前，是強叔旗下生意最好的賭場，經營近三十年都順風順水，是強叔的主要收入來源之一。

但強叔寧可放棄這棵搖錢樹，也要與陰間苦水堂合作養殖邪獸，據說是因為某個契機，親眼見識過往兄弟死後下陰間接受審判，最終下十八層地獄受罰的模樣。

那兄弟生前人間紀錄的「精彩程度」，尚不及強叔一半。

強叔堅信自己會比那兄弟落得更慘的下場，而他無論如何也不想那麼慘。

苦水堂答應幫他抽走能令他下十八層地獄的人間紀錄，換一本讓他投胎轉世進好人家的人間紀錄。

因此強叔不惜投入打殺一生、幹盡壞事累積下來的財富，召集大批人馬，全力經營、守衛這間邪獸養殖場。

姜洛熙心裡明白，眼前這第四間養殖場與昨日高雄的三間養殖場，情形絕對不會一樣，畢竟他昨日連抄三間養殖場——苦水堂不可能毫無反應，經過一夜準備，要嘛早將養殖場裡的邪獸撤離至他處，僅留下一座空城，要嘛便是在養殖場裡安排了精彩好戲，等他上門。

「洛熙。」阿給在四靈陰牌內出聲問：「你想好怎麼進攻了嗎？」

「還沒。」姜洛熙搖搖頭，說：「鴻爺也不知道裡面的情況，總之先照舊派符蟲探路吧。」

「好。」四靈陰牌瞬間飛出三隻符蟲，是螽叔的符金龜、銀鈴的符蝶，以及阿給的符蟑螂。

三隻符蟲低空飛向那廢棄工廠，兵分三路，自工廠東西北三面，各自找著洞口鑽了進去。

偌大廠房內空無一人，有許多覆蓋帆布的賭桌和大型電玩機台，二樓則像是一間間貴賓室，同樣擺著賭桌和茶水設備，設備與桌椅上都覆蓋著厚重灰塵，像是久未使用般。

姜洛熙聽三鬼回報符蟲所見景象，研判這座廢棄工廠應當只是「出入口」，實際上的養殖場，應該和那退休教授的別墅一樣，設置在混沌空間裡。

然而邪獸擁有實體肉身，三餐吃的是陽世調配出的飼料，即便藏在特別闢建的混沌空間裡，也必然需要將飼料從陽世送入其中。

姜洛熙在符蟲兵分三路深入工廠內部的同時，自個兒也繞至工廠南側，只見南側有處入口，道路斜斜向下，前面擋著一道柵欄鐵捲門，似是通往地下車庫。

姜洛熙揉了片尪仔標，令混天綾纏上胳臂，輕輕一甩，穿過柵欄捲門縫隙，按下牆壁上的捲門開關，替自己開了門。

他藉著混天綾的火光照明視物，一路深入漆黑陰暗的地下車庫，卻見裡頭一輛車也沒有，僅有一座通往工廠內部的柵欄型貨用電梯；在貨用電梯旁，還有處鐵梯，能直接走上工廠一樓，但上方的小門關著。

銀鈴指揮著符蝶，也在工廠一樓發現了這座貨用電梯的出入口，但出入口外堆滿雜物，且雜物箱上滿布灰塵，顯然許久未曾有人從這兒進出。

姜洛熙哦了一聲，追問：「妳說一樓的貨梯外面堆滿雜物，雜物箱子上全是灰塵？」

「是啊。」銀鈴說：「看這灰塵厚度，這些雜物至少堆在這邊一、兩年了。」

「嗯。」姜洛熙點點頭。他在通過柵欄捲門時，就留意過捲門柵欄及開關按鈕上的灰塵厚度，不能說有多乾淨，但明顯能看出經常有人使用，因此不至於堆積厚重灰塵。

此時地下車庫四周也是一樣，稍遠處的車位大都積著厚重灰塵，但貨梯周圍和距離貨梯較近的幾處停車位，灰塵厚度卻明顯少了許多——

貨梯另一端堆放著超過一、兩年的雜物，無法正常通行，但貨梯依舊有人使用，搭去哪兒自然不言而喻，而更令姜洛熙肯定這貨梯便是前往養殖場入口的，是那裝設在柵欄門上的密碼鎖，和鴻爺辦公室、教授混沌魚池外一模一樣。

這是他設想過卻最不願見到的情況——倘若這養殖場開關在混沌空間裡，但他不知道密碼，便不得其門而入，他得先想辦法找出強叔、問出密碼，才能進入混沌。再不然就得暫時撤退，向天庭調動能夠偵測並且破解混沌的儀器再來開門，而這一來一往，得耗費不少時間。

然而就在他皺眉思索下一步時，突然見到密碼鎖上的數字鍵，逐一自動按下，一口氣連按十二位數，然後響起正確的提示音。

「……」姜洛熙見到貨梯柵欄喀啦啦地打開，思索兩秒，就要抬步跨進電梯。

「洛熙。」畚叔突然領著阿給和銀鈴在姜洛熙身旁現身。平時寡言的畚叔，沉沉地說：「對方主動開門，肯定有詐。」

「我知道，我們沙盤推演過。」姜洛熙點點頭，他們確實也做好了這樣的心理準備——裡頭不是空空如也，便是藏有強敵。

「現在的問題是，如果裡頭真藏著你對付不來的強敵。」中叔說：「怎麼辦？」

「……」姜洛熙想了想，說：「我也想過這一點，就算打不贏，但是要逃應該還是逃得掉，畢竟我們還有張王牌，魔血仔，不是嗎？」

「如果加上魔血仔也打不贏呢？」中叔十分謹慎。

「到那時，還有我在。」太子爺的聲音自姜洛熙喉間響起。

姜洛熙呆了一呆，問：「老闆……上次你不是說……」

「上次我說……」太子爺說：「你滿十八歲後，便不再是孩子，也該從實習乩身轉為正職，屆時我將不會時時刻刻像個保姆盯著你一舉一動——那是指平時，現在你領籤出戰，剛剛那老鬼奴，確實問了個天庭也很傷腦筋的問題——要是對方安排了個魔王等級的傢伙在裡頭等你，你如何應變？」

「魔王……」姜洛熙苦笑著搖頭，顯然無法回答這個問題，因為這種情形有可能發生在任何時候；但倘若他每趟任務都得設想前方某扇門後，藏了個魔王等他，那麼等於他什麼籤令也接不了。

前幾年，太子爺剛看上姜洛熙和倪飛作為韓杰接班人時，第六天魔王殞落不久，天下太平了一段時間，而韓杰也正值盛年，可以慢慢帶著兩個孩子學習成長，一切循序漸進即可。

但這兩年陰間人藥影響力愈漸嚴重，隨便一個名不見經傳的傢伙，只要能弄到人藥，便有本事興風作浪，因此神明乩身並未因第六天魔王的殞落而變得輕鬆，反而比以往更加頻繁地下陰間攻堅人藥工廠，或者阻止那些使用人藥後變得窮凶極惡的傢伙上陽世作亂。

因此原本打算長期觀察姜倪二人心性，才決定是否發放二人蓮藕身的天庭諸神們，近期也開始討論是否要加快賜予姜倪二人蓮藕身，讓兩人能盡快在人藥肆虐的險惡環境裡獨當一面。

「等我一下，你師兄那兒有個厲害傢伙登場了，他吞下了一卡車的人藥，呵呵。」太子爺冷笑一聲，舉起姜洛熙的右手，喚出正版火尖槍，槍尖向下，倏地朝地板一插，跟著抬起姜洛熙的腳踏進電梯。

姜洛熙感到自己一進電梯，太子爺就退駕了，眼前柵欄鐵門緩緩闔上，電梯轟隆隆地往下。不知下沉多久，終於停下，柵欄鐵門喀啦啦地敞開。

電梯門外乍看像是座鋼鐵工廠，地板、壁面、樑柱全是鏽跡斑斑的鋼鐵，四周堆疊著大大小小的金屬牢籠。

姜洛熙明白這寬闊養殖場不是陽世也不是陰間，而是混沌。

跟著他抬頭望著數層樓高的鐵皮天花板，垂掛著一枚枚模樣誇張的符籙綴飾，散發著奇異的氣息，他猜想這是能夠阻擋天庭神力的遮天術符咒——但不知怎地，此時他卻依稀能感應到太子爺進電梯前，插在陽世那柄火尖槍的神力。

他回頭凝望身後猶自敞開著的電梯，隱約見到幾條細如蛛絲的黃金絲線，一端纏繞著他的雙腕，另一端隱沒在電梯之中，正版火尖槍的神力便經由這些黃金絲線傳來。

他立時明白，太子爺進電梯前便預判底下或許有遮天咒術，特意將火尖槍插在地上，以黃金絲線纏繞自己與火尖槍，讓自己與外界保持聯繫——至於太子爺本尊，應當是去支援師兄韓杰對付那吞下一卡車人藥的傢伙了。

自從人藥肆虐陰間之後，大夥兒每個月總會碰上幾個需要神明降駕才打得贏的傢伙，太子爺嘴裡抱怨歸抱怨，實際上卻似乎頗為樂在其中。

姜洛熙感到這鋼鐵養殖場前方，隱隱透來兩股濃厚邪氣。他取出四片尪仔標同時往身前一砸，火尖槍、混天綾、風火輪、乾坤圈全戴上身，小心翼翼地挺槍往前。

他穿梭在曲折的鐵網地板上，從鐵網縫隙往下看，這養殖場不只一層，但舉目所見的鐵籠裡，全是空的，沒有一隻邪獸，想來已經撤光了，因此正緩緩逼近的兩股邪氣，自然是敵方安排在此等候他的伏兵了。

他見到前方的漆黑廊道，出現兩雙青森森的眼睛。

跟著兩具壯碩身軀一前一後地踏來，是兩隻雄獅。

那兩隻雄獅鬃毛透著淡淡螢光，眼睛透出濃濃的殺氣，與姜洛熙對望了幾眼後，低吼一聲，轟隆隆地踏著鐵網狂奔而來。

姜洛熙藉著風火輪之力，縱身踩上鐵籠，避開第一隻邪獸獅子的撲擊，躍在第二隻邪獸獅子的頭頂，精準地將火尖槍送進這隻邪獸獅子腦袋裡。

第一隻邪獸獅子撲了個空，才剛回頭，便讓姜洛熙甩來的混天綾捲上脖子，紅火爬上邪獸獅子的那頭鬃毛，將邪獸獅子燒得滿地打滾。

姜洛熙拔出火尖槍，加速了結這邪獸獅子的性命——邪獸雖然有肉身，以邪術煉成的魂魄卻無法承受天賜法寶的神力，魂魄一滅，肉身自然也一動不動了。

姜洛熙繼續往前，踏過鏽跡斑斑的鐵梯，來到下一層。

這一層堆疊的鐵籠沒有前一層多，四周空間相對寬闊許多。

一個樣貌古怪的女子，騎著一頭壯碩雄獅自陰暗處走出。那女子的臉也像獅子，是隻人身母獅，母獅右手挺著一柄長槍，左手提著一圈皮鞭，重重一甩，啪的一聲，四周吼聲震天，走出一隻又一隻邪獸獅子。

這些邪獸獅子有公有母，鬃毛、眼睛都透著奇異螢光，背上隱隱浮現古怪符籙光紋，聽從母獅甩鞭指揮，將姜洛熙團團圍住。

母獅再一甩鞭，二、三十隻邪獸獅子一齊撲向姜洛熙。

姜洛熙在母獅甩鞭的同時，便揚手甩出混天綾，纏住頭頂鐵網，唰地將自己拉上空，避開群獅撲擊，跟著甩盪至高處鐵籠，站在籠頂，挺槍刺擊一隻隻朝他撲來的邪獸獅子。

一柄長槍飛空刺來，姜洛熙眼明手快，以火尖槍掃落。

但他背後，同時又有幾柄斧頭擲來。

阿給、銀鈴、畚叔同時現身，挺著桃木劍擊落這些小斧頭，原來四周鐵籠頂上，也埋伏了一批傢伙——那是些模樣古怪的小猴，身材矮壯，背上揹著斧頭、腰際繫著斧頭，雙手上也拿著斧頭，逮著機會就朝姜洛熙扔斧。

姜洛熙左手甩混天綾繞成圓盾擋飛斧，右手挺著火尖槍，與殺到面前的母獅連對數槍。

陰牌三鬼在姜洛熙身後結成陣勢，替姜洛熙擋下從背面來襲的飛斧。

姜洛熙抽了個空檔，朝那母獅拋出一枚尪仔標，正中母獅腦袋；尪仔標瞬間化為豹皮囊，「咬」住母獅的整顆頭。

「別吃！」姜洛熙連忙下令——豹皮囊吞食惡鬼，需要一段時間「消化」，姜洛熙隨手一槍穿透母獅胸膛，同時令豹皮囊鬆口放開母獅腦袋。

母獅摔落下地，豹皮囊在空中翻轉幾圈，化為小豹，竄到邪獸獅子腳下，在姜洛熙號令下左蹦右竄，亂咬那些獅子的四足。

少了母獅指揮，加上小豹咬腳，邪獸獅子們陣腳大亂，被姜洛熙挺槍一一刺倒，遠處的擲斧小猴們也被陰牌三鬼持桃木劍殺倒一片，剩下的全逃了。

姜洛熙來到第三層，見這層更加空曠，只有幾座鐵籠，前方站著一個極其魁梧壯碩的男人。說是男人，更像是一頭體態似人的熊，這熊男身後，還跟著三隻持鞭母獅。

三隻母獅一齊抖鞭，四周又踏出更多邪獸獅子，每隻獅子背上，都揹著兩、三隻持斧小怪猴。

「這支大軍……有些滑稽啊。」太子爺的聲音自姜洛熙喉間發出。

「老闆，你那邊忙完了？」姜洛熙這麼問。

「還沒，我只是抽空過來看看你這邊有沒有碰上有趣的對手，結果沒有。」太子爺這麼說完便退駕了。

姜洛熙發覺太子爺雖然退駕，卻在他提著乾坤圈的左掌心上塞了樣東西，仔細一看，是張黃金尪仔標。

前方，三隻母獅再次甩鞭，數十隻邪獸獅子連同背上的持斧小猴，一齊發出吼叫，朝著姜洛熙猛攻而來。

陰牌三鬼挺著桃木劍組成陣勢，姜洛熙也立時將黃金尪仔標擲在腳下。

金光之中，步出一頭金黃大豹，大豹像是一道閃電，倏地竄進邪獸獅子群裡，所及之處，獅子們被撞得東倒西歪，背上的持斧怪猴也紛紛摔落下地。姜洛熙那黃金小豹，跟在大豹屁股後頭，對著那些翻摔倒地的獅子、猴子們一陣暴扒亂咬。

下一刻，陰牌三鬼分別引開三母獅，讓姜洛熙與熊男一對一單挑。

熊男鼻子噴氣，舉著一對大石槌往姜洛熙猛攻，被姜洛熙踩著風火輪繞到背後，一槍穿透背心，自前胸穿出。熊男一倒，群獅立時潰敗四散。

姜洛熙來到第四層，眼前又是滿滿的邪獸獅子，但這次帶頭那壯碩雄獅，背上卻不是母獅，而是一隻小怪猴，這小怪猴手上持著的也並非斧頭，而是一支手機。

小怪猴怪叫一聲，遠遠將手機拋向姜洛熙。

姜洛熙接著手機，聽見了白雪的聲音。

「你好啊。」白雪冷笑說：「實習乩身。」

姜洛熙回答：「我已經轉正職了。」

「啊？」白雪哈哈笑了笑，說：「那我恭喜你啦，今晚那地方，就當是我替你準備的就職慶賀。怎麼樣，那些獅子很可愛吧。」

「不怎麼可愛。」姜洛熙說：「妳想講什麼？」

「我只是好奇。」白雪說：「這輛車裡的傢伙和你是什麼關係？」

「車裡的傢伙？」姜洛熙呆了呆，瞧瞧手機，只見手機傳來一則影片，影片裡的視角，彷如空拍機般，居高臨下拍攝王小明駕駛的廂型車。鏡頭飛快拉近，轉眼竄到廂型車旁，透過車窗向內拍攝，後座的陌青和前座的王小明先後入鏡。

下一刻，窗戶揭開，鳳仔氣呼呼地飛了出來，追向鏡頭，似乎還破口大罵，但鏡頭忽遠忽近，似乎與鳳仔周旋戰鬥起來。

一陣纏鬥後，鳳仔似乎不敵「鏡頭」，逃回車中。

後車廂揭開，弦月躍下，背後揚起金黃披風，兩隻眼睛閃閃發光，車廂內的陌青也舉起防身電擊槍對著鏡頭。駕駛座前，王小明探頭出來，手裡也舉著一把槍，朝著鏡頭連擊數槍，一槍也沒打中。

鏡頭拉遠，越飛越高，影片結束。

「那貓是虎爺貓乩，他們是你的伙伴？」白雪這麼問。

「是。」

「你們特地過來找我們苦水堂養殖場的麻煩？」

「對。」

「你們搞錯對象了。」白雪笑說：「我們只是與陽世活人合作養點寵物，沒幹什麼壞事。是烈火堂那些傢伙惡意破壞我們的養殖場，製造騷亂，惹神明乩身過來砸我們場子。」

「然後呢？」

「你們應該找烈火堂算帳，不該找我們苦水堂麻煩。」

「我接到的籤令就是清理這些養殖場。」姜洛熙這麼說：「如果之後又接到籤令，要我找烈火堂麻煩，我就會去。」

「好吧。」白雪這麼說：「那我只好找你伙伴麻煩了。你覺得我該先找哪個傢伙麻煩？那隻鳥？那隻貓？那胖哥哥？還是那美麗女孩？我讓你選。」

「……」姜洛熙不想浪費時間與白雪耍嘴皮子，隨手扔下手機，對陰牌三鬼下令。「螽叔、銀鈴，燒符令通知天庭和地府，苦水堂想對小明哥下手；阿給通知小明哥，說苦水堂要找他們麻煩，要他們小心。」

他說完，立時挺槍殺向眼前那批邪獸獅子。

落在鐵網地板上的手機，傳出白雪的尖銳號令。

邪獸獅子們也紛紛撲向姜洛熙。

姜洛熙專注地挺著火尖槍，一一刺倒撲至眼前的邪獸獅子。或許是因為他想盡快趕回陌青那兒幫忙，此時出手比前幾層更加俐落果決，一槍刺倒一隻邪獸獅子。

然而下一刻，他突然一驚。

眼前那不知第幾隻撲向他的邪獸獅子，腦袋明明捱了他一槍，不但沒倒地，還直撲上他的身，將他按倒在地，一口狠狠咬住他腰肋，大力甩動起來。

姜洛熙在腰肋劇痛中，咬開口中的九龍神火罩尪仔標，九條火龍自他口鼻竄出，四面噴火掃打。

但那狠咬著姜洛熙腰肋扭甩的獅子，似乎一點也不畏懼火龍扒抓和掃尾，依舊緊緊咬著姜洛熙不放。

姜洛熙左手持著乾坤圈，重重搥擊獅子腦袋，一點效果也沒有，他鼻端聞到如假包換的野獸氣味，終於醒悟——

這不是邪獸獅子，而是隻鬃毛塗上螢光染料、抹上人工邪氣的真獅子。

不受天庭神兵影響的真獅子。

「洛熙！」「這獅子怎麼不怕火龍啊？」「啊！這不是邪獸，這是真獅子？」

陰牌三鬼驚愕之餘，撲來要救姜洛熙，但四周邪獸獅子重新圍來，擋著陰牌三鬼不讓他們靠近姜洛熙。

下一刻，九條火龍的體型陡然變大，口中的金火瞬間旺盛了十倍不只，轉眼將邪獸獅子們燒成一片焦黑。

姜洛熙兩眼金光閃耀，站了起來，右拳往那真獅子的腦袋碰地一敲，那獅子立時倒地不起，也不知是昏了還是死了。

「……」太子爺附在姜洛熙身中，左手托著姜洛熙那團被真獅子咬出體外的腸子，默默無語。

家瑋盯著眼前的樓梯間，遲遲不敢踏出家門。

半小時前他回到家，放下書包，休息半晌之後準備去麵攤幫奶奶的忙，開了門卻驚覺樓梯間的模樣變了——變得更加陰暗，牆壁斑駁破舊，天花板那黯淡燈光透著陰森森的青。

更令家瑋感到恐懼的是，一旁的對外小窗，窗外空氣中飄著奇異的餘火殘灰，天空盤旋著詭異紅雲，不時透出幾下閃電，傳來尖銳的雷鳴聲。

家瑋回頭望了望客廳的對外窗，窗外是正常的傍晚時分。

他小小的腦袋怎麼也想不透，相距不遠的兩扇窗，窗外的景象竟然能夠如此天差地別？

儘管他心中害怕，但還是得去麵攤幫忙，不然奶奶一個人太辛苦了。

他跨出家門，準備關門，驚覺鐵門朝外的那一面，變得鏽跡斑斑，嚇得他連忙收回手。

他望著貼在鐵門外那張詭異紅符，不由得打了個冷顫——他不記得自家門外，有貼著這麼一張嚇人的紅色符咒。

窸窣、窸窣窸窣——奇異的聲響從通往樓頂的梯間傳下，家瑋連忙回頭，只見到兩個奇異彎曲的身影攀在牆壁上。

那是兩隻比狗還大的古怪壁虎。

兩隻壁虎的眼睛閃著紅光，長舌不時伸出。

家瑋尖叫一聲，想往樓下跑，但耳朵聽見女人說話聲音：「別下樓，躲回家裡。」

同時，他見到一隻身披金黃披風的貓自樓下走上來，兩隻眼睛不同顏色，但都泛出金光，將上方的兩隻古怪壁虎嚇得回頭逃了。

「小弟弟，快回家，外面很危險。」

女人的聲音再次鑽進家瑋耳中，家瑋盯著那貓，認出貓兒正是先前那群聽從姜洛熙指揮的其中一隻貓，弦月。

就在他不知所措之際，手腳卻自己動了，他俐落地旋開木門，躲回家中。

他一方面驚訝自己的手腳會自主行動，同時更訝異家裡的模樣也變成與樓梯間一樣，牆壁斑駁破舊、家具上全沾著厚厚的焦灰，像是恐怖片裡的場景一般。

「別怕。」陌青附在家瑋身上，舉著家瑋的小手輕拍他胸膛，安撫他說：「這裡是你家，不會有事。乖，你睡一下，醒來就沒事了……」

家瑋見到自己的雙手，擅自舉起，摀住自己雙眼，下一刻，意識開始逐漸模糊。

「哇，原來妳會附身啊。」王小明與弦月也奔進屋裡；王小明關上鐵門和木門，轉頭見陌青附在家瑋身上行動，不由得有些欽佩。「我花了好多年的時間才學會附身，本來還想教妳……」

「啊？附身還要學喔？」陌青倒是有些吃驚——當初她算得上是含怨而死，剛死即成為厲鬼，初始道行便高出王小明太多，加上這兩年與姜洛熙朝夕相處、日夜受仙氣薰陶，儘管從未特別修行鍛鍊，但道行也比陰間幫派裡基層嘍囉們高出不少，附身這等小事自然難不倒她。

「可是……」王小明遲疑地問：「妳這樣不怕嚇到小朋友？還是我們用擬人針化出人形，說我們是姜洛熙的朋友？」

「不用啦，我把他哄睡了。」陌青說：「鬼附在人身上，本來就可以把人哄睡，你不知道嗎？」

「我……我不知道耶……不，其實我有聽過，只是我，唔……」王小明總是對姜洛熙和陌青自稱是「靈界偵探」、「韓杰首席助手」，此時不想讓陌青瞧出他其實沒什麼本事，只好轉移話題，他揚起手中的半截紅符，憤慨地說：「妳看，有人在小朋友家門上貼了鬼門符……」

「什麼？」陌青附在家瑋身上，盯著王小明手上那張紅符。剛剛她在廂型車後座玩手機時，先是聽見鳳仔驚呼，隨即見到一隻古怪小鷹，戴著攝影裝備，飛近車廂偷拍。

當時鳳仔開窗追了出去，和那小鷹扭打，但很快就不敵小鷹，又逃回車內，最終是王小明連開數槍，逼退了那小鷹。他們正討論那小鷹是何方神聖時，接到了阿給的電話，稱苦水堂的人準備對他們出手。

王小明本來嚇得要發動引擎，逃離現場，但被陌青阻止——家瑋放學返家之後，正準備出發去麵攤幫奶奶的忙，要是王小明載著她一走了之，敵方很可能對家瑋不利，甚至一直在樓頂待命的眾貓乩們，也可能在毫無防備的情況下受到襲擊。

簡單幾句討論過後，陌青和王小明準備從陰間進入家瑋家，開鬼門回陽世保護家瑋。但他們進入陰間公寓，來到家瑋家門前，驚見家瑋竟也來到了陰間，原來敵人不知何時在家瑋家門上貼了鬼門符，讓家瑋一出門，便來到陰間。

「咦？」陌青望了腳邊弦月一眼，又瞧瞧王小明身後關上的門，驚問：「鳳仔呢？」

「鳳仔上樓頂了。」王小明這麼說：「他去替貓乩開門，帶貓乩們來保護我們。」

「對喔！」陌青剛稍稍鬆了口氣，但隨即感到外頭有股奇異氣息往這兒逼近；奔到窗邊一瞧，見到一輛黑黝黝的貨櫃車，駛進了這陰間狹巷內，停妥，副駕駛座下來一個身穿西裝的瘦高男人——歐陽沙發，他雙手插在口袋裡，面無表情地盯著蹲在窗邊往下偷瞧的陌青和王小明。

下一刻，貨櫃箱門揭開，一隻隻狗猿凶猛奔出，有的衝進公寓正門、急奔上樓，有的直接攀牆往上爬，目標顯然就是家瑋家。

陌青和王小明嚇得遠離窗邊，聽見大門外的奔踏聲愈漸靠近，跟著見到幾隻狗猿已經攀上窗邊，幾拳擊破窗戶，翻進陰間家瑋家的客廳。

弦月從容往前，背後張開金黃披風，揚起小爪飛扒兩下，彷如兩記俐落刺拳，伴隨著碩大半透明虎爪，將兩隻撲進客廳的狗猿搧摔在地上。

兩隻狗猿搖搖晃晃地掙扎起身，後頭更多的狗猿往窗戶裡擠，弦月忽進忽退飛快揮爪，將掙扎起身的狗猿砸回地板、將試圖進屋的狗猿擊飛出窗。

鐵門一陣劇烈震動過後，發出尖銳聲響，跟著木門四分五裂炸開——原來是奔到門外的狗猿們，聯手揪著鐵門欄杆，硬生生將鐵門掰開一道大縫，然後伸手砸爛木門。

「哇！」王小明連忙舉起左輪手槍，磅磅磅連開三槍，全射在門板和牆壁上——但依舊有效，因為他那左輪手槍裡裝的是尿彈，濃烈的童尿氣息伴隨著驅鬼咒術，熏得門外狗猿狂吠不止，退開老遠。

「童子尿彈的效力只有一分鐘左右，門快擋不住了，我們上後陽台！」王小明帶著陌青繞過廚房、躲進後陽台，一面舉槍朝廚房外開了兩槍，轉頭對陌青說：「妳記住自己在小朋友身體裡，陽世肉身在陰間力大無窮、刀槍不入，妳試看看拆開鐵窗，一樓一樓往下逃，逃的時候別往下看就不會怕……」

「我知道啦！你不要一直開槍，熏得我頭好暈、好想吐！」陌青附在家瑋身中，依舊被尿彈氣味熏得頭昏腦脹，她奔到後陽台末端，奮力攀上女兒牆，揭開鐵窗上那逃生小門，想也不想便鑽了出去。

「哇！」王小明本以為陌青會因為懼高，不敢往外逃，但他忘了陌青當鬼數年，道行高他一大截，且隨姜洛熙出過多次任務，別說飛天遁地，對陰間種種常識也瞭如指掌。只見她剛鑽出鐵窗逃生口，甚至沒按照王小明教導的逐樓往下，而是在鐵窗外側攀爬了一段距離後，看準位置，一躍落在三樓那片突出的鐵窗棚頂上，然後再一躍，已經落入防火巷內，猶如動作電影裡的跑酷特技一般。

「太厲害了！」王小明驚訝地跟上，擠過鐵窗逃生口，只見陌青附著家瑋，自防火巷雜物堆中鑽出，拍拍身子，毫髮無傷。

狗猿們暴怒吠叫著追過廚房、衝進後陽台。弦月躍上牆沿，揮爪阻止狗猿進逼，緩步後退至鐵窗逃生口處，接連揮爪扒退進逼的狗猿，只見底下防火巷兩端，分別駛來一輛貨車，擋住前後出口。

巷弄右端，狗耳少年招福蹲伏在貨車頂部，揚手一招，新一批狗猿或攀或爬，從車底、車頂、兩側壁面擁入窄巷。巷弄左端，短髮少女阿瑛搖下副駕駛座車窗，盯著位於巷弄中央的家瑋，微微一笑，大批手持鐵鎚、小斧的怪猴，蜂擁殺進窄巷。

弦月眼見底下陌青就要被狗猿與怪猴前後夾攻，王小明卻卡在鐵窗逃生口上進退不得，只得回身一掌，拍在王小明屁股上，將王小明硬生生打出逃生口，自個兒再穿過鐵窗欄杆，直直躍下四樓，不偏不倚地落在陌青身前，連揮數爪，將右側巷弄來襲的狗猿盡數扒倒。

王小明在空中翻騰了半晌，好不容易穩住身子，見小怪猴群衝向陌青，趕緊從風衣內側，掏出一枚閃光手榴彈，扔進猴群中，炸出一陣驅魔光陣，跟著替左輪手槍換上尿彈，邊開槍，邊往下飛，落在陌青身後，和弦月一前一後抵擋兩端邪獸的夾擊。

「怎麼辦？前後都有敵人？」陌青左右瞧瞧，只見邪獸大軍堵住防火巷兩端，周圍只有幾扇窗，都裝著結實鐵窗；她附著家瑋奔至一扇窗前，揪著鐵窗使勁搖晃，即便凡人肉身在陰間會力氣倍增，但真要她將陰間鐵窗強拆卸下，可得花上不少時間。

王小明拋盡閃光手榴彈，又射光一輪尿彈，正欲裝填彈藥時，卻被一隻怪猴擲來的小斧劈在肩上，痛得倒地哀嚎。

「陌青，別怕，我們來了——」

鳳仔俯衝而下，上方還跟著一隻四足大張的胖壯橘貓阿壹，阿壹上方，還有白貓阿貳和虎斑貓阿參。

三隻貓，先後墜進怪猴群中，像是三顆隕石墜地，金光四射，貓爪不停亂揮，一記記成年虎掌東搧西扒，轉眼將逼近的怪猴扒倒一片。

陌青附著家瑋，扶起捱了斧頭的王小明，見四隻貓乩將窄巷守得滴水不漏，這才鬆了口氣，卻聽見頭頂上的鳳仔怪叫連連：「咦？怎麼才下來三隻？將軍呢？其他貓呢？」

鳳仔剛說完，便見到巷弄上方竄過一個大影，還跟著兩隻貓影。

「那是什麼？」鳳仔驚愕之間，只見那大影不停地在兩側公寓樓頂躍來蹦去，人影頭部飄揚著巨大鬃毛，是頭巨大無比的獅子。

巨獅全身披戴戰甲，背上還載著一個女人。

是馴獸師白雪。

白雪右手長鞭揮甩，指揮巨獅行動，左手揪著一條鐵鍊，拖著一團被鐵鍊纏繞的東西——是玳瑁貓阿陸。

原來剛剛鳳仔飛上陽世樓頂，通知將軍出戰，卻見將軍指揮著眾貓乩，與一批怪鳥周旋纏鬥；鳳仔不顧怪鳥，趕去水塔下方施咒——姜洛熙早在樓頂雜物堆內布置了一面鬼門垂簾，叮囑鳳仔必要時施咒放下垂簾，便能打通鬼門，讓將軍等貓乩進入陰間。

在鳳仔連連吆喝下，將軍等這才不再與怪鳥周旋，而是一隻隻奔過垂簾，進陰間救援。

鳳仔剛進陰間，本欲領著貓乩們下樓，卻聽見公寓後方巷弄中吼聲震天，飛去一看，這才知道陌青逃進巷裡，巷弄前後都有邪獸堵路，立時尖叫呼喊貓乩們，且隨即俯衝飛進巷弄。

將軍一聲令下，貓乩紛紛跟上鳳仔，但白雪已在陰間樓頂等候多時，一見眾貓乩現身，立時騎乘巨獅殺去，甩鞭子捲著玳瑁貓阿陸的腰腹，然後以研發多時、專門狩獵虎爺的符籙鐵鍊「囚虎鎖」，鎖住阿陸脖子，削弱阿陸身中的虎爺神力。

將軍怒吼著指揮阿肆、阿伍調頭追擊白雪，因此沒與阿壹等墜入窄巷，而是在樓頂與白雪纏鬥。

「據說天庭虎爺分為四級，幼虎、小虎、大虎和猛虎……」白雪騎著巨獅、拖著阿陸，揚動長鞭，指揮巨獅在公寓鐵皮棚頂飛奔，與將軍等三貓遊鬥周旋，她瞧了瞧拖在身後的阿陸，隱約見到附在阿陸身中那成年大虎，笑說：「是隻大虎。」她說完，又看看阿肆與阿伍。「這兩隻也是大虎。」

最後，她的視線盯上後方那身形消瘦的橘貓將軍。「近二十年功績最為彪炳的猛虎級虎爺，與御用橘貓共用同一個名字，將軍。」

橘貓將軍伏低身子，咧嘴低吼，身後隱隱浮現出一頭剽悍大虎的身影。

「凶神——」白雪將囚虎鎖鐵鍊掛在凶神獅鞍側的掛勾上，微笑抖鞭，踩著獅鞍腳蹬站起身來，指揮這頭身長超過四公尺、比真實非洲獅更加高大壯碩、名喚「凶神」的巨獅，正面迎擊緩步走來的將軍。「咱們來打獵囉！」

「吼——」橘貓將軍發出尖銳貓嘯，尾音陡然變得沉重雄猛，變成了虎吼。

貓虎將軍同心一體，朝著白雪與凶神加速直衝，領著阿肆、阿伍三路夾擊白雪，

接連揮爪朝凶神搧出一記又一記半透明虎掌。

白雪指揮凶神挺身揮爪，碩大獅爪狂扒猛搧，擋下一記記虎掌，同時她也揮鞭格開幾記虎掌。

她感受到皮鞭傳來的陣陣滾燙神力，微微有些心驚膽戰——她對凶神頗有自信，但一隻凶猛獅子同時大戰三隻凶猛虎爺，似乎有些勉強。她不再硬碰硬，而是指揮凶神在四周老公寓群樓頂飛奔，打起游擊戰。

凶神儘管身軀巨大，動作卻十分敏捷，屢屢突破三虎爺的包抄陣勢。

阿肆有些心急，見凶神又一次從他身邊突圍衝遠，怒吼著急追上去；又見白雪突

然扭身朝他甩來一鞭，連忙閃開。

那鞭甩在鐵皮棚頂上，炸出一團妖異青火。

白雪收回長鞭，又往鞭尖掛上一只小球——她這白色長鞭不僅能延伸極長，還能加掛各種符彈，炸出不同的效果。

阿肆繼續追擊，阿伍也斜斜包夾過來。白雪再次驅使凶神飛奔，不停地轉身揮鞭。阿肆、阿伍接連閃過鞭擊，但陡然同時發出怪吼，翻滾幾圈、掙扎了一陣，終於站穩，只見阿肆的左前爪與阿伍的右後爪上，分別夾著一具獸夾。

原來白雪那眼花撩亂的鞭擊，只是吸引虎爺注意的手段，她真正的殺招，是鞭擊前，踢腳蹬施放能變化出獸夾的符咒。

阿肆、阿伍為了閃避鞭擊，忽略飛至腳下的獸夾符，因而中招。

那獸夾也不是普通的獸夾，還拖著一條鎖鍊，連接著一顆沉重鐵球，令兩貓無法全力奔跑，只能狼狽地拖動鐵球緩慢移動。

白雪朝阿肆、阿伍拋出三張飛符，化為三枚囚虎鎖，朝兩貓脖子鎖去。

將軍虎吼奔來，揮爪拍落兩枚囚虎鎖，跟著縱身張嘴，咬落第三枚囚虎鎖，再撲向白雪，和凶神近身捉對廝殺。

凶神高高立起，舉著碩大獅爪往將軍的腦門上砸。將軍不甘示弱，揮掌迎擊，一時間，這狂獅猛虎猶如兩位超重量級拳擊手，在擂台上互掄重拳。

一聲尖銳的號令，凶神向後躍開十餘公尺，屁股一甩，將拖在身後的阿陸甩至身前，張口就往阿陸咬下。

「吼——」將軍向前猛衝，雙爪朝著凶神的腦袋扒去，兩隻巨大虎掌在空中被凶神抓個正著——原來凶神也是假咬，實則正是為了吸引將軍來救。

消瘦的橘貓將軍站在剽悍凶神面前，雙足踩地站立，張開雙爪向前，頭頂站起一個巨大虎影，用相同的姿勢舉著虎爪，和同樣挺身立起的凶神，四爪對掌互抓，僵持不下。

「吼——」貓虎將軍再次同聲嘶吼，齊力將凶神往前推動。

凶神低吼起來，但力氣似乎稍稍不敵將軍。

然而此時白雪卻不在凶神背上，而是站在將軍正後方，一抖手將長鞭化為長戟，刺進橘貓將軍的後背。

「吼嘎！」虎爺將軍猛地一驚，正要回頭攻擊白雪，但眼前凶神全力撲來，一爪砸在虎爺將軍腦門上，將虎爺將軍連同橘貓將軍和身下的鐵皮棚頂，一齊轟爛，一獅一虎一貓，一齊落在公寓頂樓地板上。

凶神一雙獅爪按在虎爺將軍肩上，張口要啃將軍腦袋，卻被白雪喝止。

「蠢東西！」白雪也躍進鐵皮棚內，指著凶神斥罵：「那是我要送窮哥的大禮，不是給你的零食！」

「嗷吼……」凶神低鳴了幾聲，神情有些喪氣，但一雙壯碩大爪，仍按著虎爺將軍雙肩。

虎爺將軍則因橘貓將軍後背被長戟刺穿，全身虛弱無力，動彈不得——這苦水堂首席馴獸師白雪那長鞭化成的戟上，同樣附有能夠抑制虎爺神力的法術。

白雪來到將軍身旁蹲下，取出一張符，往橘貓將軍頸子按去，替橘貓將軍戴上囚虎鎖，跟著起身拔出貫穿橘貓將軍身子的長戟、抖回長鞭，拎著橘貓將軍，騎上凶神後背，倏地衝出鐵皮棚頂那破口，躍回鐵皮棚頂上方。

阿肆和阿伍，正拖著那沉重的鐵球獸夾，往鐵皮棚頂破口方向艱難爬來，見到凶神重新躍回棚頂，又見白雪拎著瀕死的將軍，都發出了悲憤的貓鳴和虎嘯。

底下巷弄戰況同樣緊急，窄巷兩側公寓窗的戶內，擠著大批狗猿，揪著鐵窗欄杆猛力搖晃，將鐵窗搖得喀啦作響，是歐陽沙發帶領他那隊狗猿，試圖從一樓直接破窗殺進防火巷。

鳳仔尖叫嚷嚷要大家鎮定，但心中其實害怕得很，腦袋當機，又本能地模仿起警笛聲，喔咿喔咿地警告邪獸們快快舉手投降。

一道黑影飛梭竄來，揪著鳳仔身子，撞進公寓一扇破窗內。

鳳仔摔進公寓房間裡，尖叫起身只見到窗邊站著一隻體型略大他些許的小鷹，輕蔑地瞪著他。連忙大叫：「你……你是誰啊？」

「聽好了，『子彈』，這是我的名字。」子彈高傲地說：「是白雪女王的愛寵、是飛得最快的鳥兒、是最聰明的獵手、是玉樹臨風的燕隼。全是我，子彈。」

「不是！」鳳仔大聲反駁：「飛得最快的鳥兒，是我鳳仔才對！」

鳳仔說完，立時從地上彈起，倏地飛出房間，在一棟屋中竄逃。

子彈二話不說，也飛竄追著鳳仔，還冷嘲熱諷。「你不過是隻鸚鵡，怎麼好意思稱自己飛得最快？鸚鵡再快，能快過鷹？」

「你又不是鷹，哪有那麼小隻的鷹？」

「你沒聽我說我是燕隼嗎？你不知道燕隼？」

「隼又不是鷹！」

「隼就是鷹！」

「你吹牛，你吹牛！」

「我沒有吹牛，我是白雪女王麾下第一神鷹！」

「吹牛吹牛吹牛，大家快來看喔，有隻啄木鳥吹牛自己是鷹！」鳳仔鬼吼鬼叫地在一樓民宅內飛繞胡竄，一會兒從廚房破窗飛出室外，一會兒又從廁所氣窗繞回室內。儘管他全速飛行的速度沒子彈那麼快，但他與姜洛熙久居公寓民宅，熟悉傳統公寓構造，加上室內空間狹小，不利子彈加速，因此即便子彈氣得七竅生煙，和鳳仔你追我跑了好一陣，仍無法追上鳳仔。

然而鳳仔有點得意忘形，想嘲笑子彈幾句，便刻意減速，但他剛回頭還沒來得及開口，便見子彈卯足全力追在他身後，挺起利爪揪住他雙翅，揪著他撞出室外，撞進一條臭水溝裡。

水溝裡，子彈用利爪壓著鳳仔的雙翅，一面將鳳仔腦袋往水溝爛泥裡按，一面張喙啃咬鳳仔腦袋上那撮長羽，還不時停口笑罵：「哼哼，你這臭鸚鵡，看我拔光你的毛！讓你當隻禿頭鳥！」

「不要啊，你好過分啊！」鳳仔又氣又難過。他是玄鳳鸚鵡，對自己身上最引以為豪之處，除了臉蛋兩枚俏皮可愛的紅暈外，就屬頭頂那束上翹的頭冠長羽了。子彈稱要拔光他頭冠羽毛，讓他當隻禿頭鳥，這可比殺了他還令他難受。

「不要啊！救命啊！有變態啊！」

外頭，巷弄兩端那阿瑛與招福也加入戰局，阿瑛朝著陌青不停釋放飛符，招福則捏著短刀，混進狗猿陣中，伺機發動突襲。

陌青見王小明槍也不開了，只顧著哀嚎，便搶下他那左輪手槍，強忍著尿彈臭味，替他開槍，打光了一輪尿彈，又從他的風衣口袋裡掏出彈藥裝填。

白貓阿貳也踩著阿瑛拋來的獸夾符，前爪遭夾，被一擁而上的小怪猴持著鐵鎚亂打一陣，然後取出符籙繩索將阿貳五花大綁。另一邊阿參則在揮爪途中，被突然竄近的招福，反握短刀，一刀將虎爺大掌釘在地板上。

反觀同胎六貓中的胖橘貓阿壹，平時慵懶散漫，臨戰時卻越戰越勇，雖然動作不如弦月靈活，但蠻力倒是挺大，配合身中那隻大虎，猛揮一爪，都能搧倒更多狗猿和小怪猴。

阿瑛指揮群獸將阿壹團團圍住，還伺機向招福打暗號，令招福突襲阿壹。

招福逮著機會猛衝到阿壹身前，突然滿臉猙獰，彎腰低頭，一口咬住阿壹的後頸；阿瑛隨即跟上，捏著兩道能夠抑制虎爺神力的符咒，深深塞進阿壹嘴裡。

但下一刻，阿壹猛力闔嘴，重重咬下，將阿瑛的食指與中指硬生生咬斷。

「喝——」阿瑛瞪大眼睛，連忙跳開。招福也被阿壹身子突然湧現的神力嚇得鬆口，汪嗚兩聲躍出老遠，都不敢置信阿壹為何突然湧出這股不可思議的力量。

阿壹渾身縈繞紅光，咕嚕一聲將阿瑛二指連同符咒吐在地上，跟著仰頸朝天空發出雄渾虎吼，嚇得怪猴和狗猿連連後退。

另一頭，弦月身子也發出紅光，俐落飛快地扒出十餘爪，將逼近己方的邪獸們全扒飛老遠。

阿貳咬開夾著他前爪的獸夾、阿參甩臂拔出被釘在地上的虎掌，兩隻貓乩身子同樣泛起淡淡紅光，力氣似乎大上數倍不只。

就連王小明也大喝一聲，一個鯉魚打挺翻騰起身，拔出嵌在肩上的小斧，又從陌青手上搶回左輪手槍，也懶得裝填尿彈，直接一手小斧、一手左輪，衝進怪猴群裡胡砸亂砍，儼然變成一員猛將。

陌青見眾貓乩、王小明和自己身上都泛起紅光，且感到胸中熱血沸騰，猛然醒悟，隨手撿起一把怪猴落下的鎚子，奔去身旁那被拆下鐵窗的窗前，對準那些試圖攀窗出來的狗猿們一陣痛砸，同時大喊：「大家別怕，亞衣姊來了——」

公寓另一側的水溝裡，子彈被全身泛著紅光、力氣增大數倍的鳳仔，反壓進爛泥裡一頓暴揍，嚇得使盡吃奶的力氣掙脫鳳仔小爪，在漆黑陰暗的水溝裡往前亂衝一段距離後，才從一處敞開的孔洞飛出水溝，直直往上飛。

「變態你別想跑——」鳳仔氣急敗壞、邊哭邊罵地緊追著子彈。兩鳥飛至公寓上空，只見鐵皮棚頂上，戰況同樣丕變。

本來被獸夾夾住腳的阿肆和阿伍，此時竟直接拖著鐵球追擊凶神和白雪。本來挨了一戟、被戴上囚虎鎖、奄奄一息的將軍，此時也重新抖擻起精神，自白雪手中掙脫，飛騰在空中還順勢朝白雪扒去一爪，將白雪擊落獅背。

就連本來被囚虎鎖鎖著，掛在凶神身後的阿陸，也掙斷了鐵鍊，還狠狠咬了凶神屁股一口。

白雪見幾隻虎爺同時湧現強大神力，心中驚恐至極，急忙飛天躍遠，同時抖鞭喝令，使凶神背上生出一雙巨大羽翼，逃離貓乩包圍，繞來半空接應自己。

白雪跨上凶神後背，正好接著被鳳仔嚇壞的子彈。她低頭見到巷弄中戰況也生變，接著她遠遠見到百來公尺外的一棟公寓樓頂，站著兩男一女。

正中央的女人頭戴鴨舌帽，手持一只閃閃發亮的奏板，全身紅光滿溢，猛然醒悟是媽祖婆乩身來了，連忙取出銀哨，鼓嘴一吹。

號令全軍緊急撤退。

# 玖

家瑋急急趕到麵攤時，奶奶正因為遲遲不見家瑋過來，且打電話也沒人接，著急地準備收攤回去看看情況。

家瑋向奶奶道歉，說自己本來正要出門，不知為何打起瞌睡，還作了個好長的夢，但已不記得內容了。

奶奶摸摸家瑋的額頭，沒有發燒，問他身體有沒有不舒服，家瑋也說沒有。

奶奶知道家瑋不會說謊、更不會為了偷懶說謊，確認家瑋沒事後，放下心中大石，便讓家瑋一齊幫忙收攤，說今天提早回家，等會兒順路再買些點心回去一起吃。

□

陰間，家瑋家樓下的幾條街外，廂型車裡氣氛凝重。

陌青淚眼汪汪地盯著陳亞衣，再次詢問消息是否為真。

陳亞衣讓將軍伏在腿上，全身泛著白光，苦笑點頭，說剛剛收到的消息，是太子爺直接知會天庭，然後媽祖婆親口傳話給她——

姜洛熙在屏東受了重傷，連腸子都流了出來，此時昏迷不醒。

鳳仔本來嚇得大哭大叫，但似乎聽見太子爺喝叱，只好縮在陌青懷裡低聲啜泣。他全身沾滿爛泥，引以為豪的頭冠鳥羽，當真被子彈咬得七零八落，成了隻禿頭鸚鵡。

王小明坐在駕駛座上，摀著肩頭被斧頭砍出的破口，儘管疼得不時低聲呻吟，卻也不敢催促陳亞衣施展白面神力替他療傷。

因為靜靜伏在陳亞衣腿上的橘貓將軍，後背破了個大洞、血肉模糊，經陳亞衣持續施展白面神力，傷口正緩慢癒合。

陳亞衣說將軍二十餘年貓乩生涯，多次受重傷，天庭已數度替他續命延壽，此時將軍的歲數其實已超過他本來的陽壽，身體裡那顆腫瘤無關貓乩任務，只能順其自然。

剛剛白雪那戟，貫穿了將軍消瘦身軀、搗破他五臟六腑，儘管陳亞衣可以全力催動白面神力使將軍傷口癒合，但一旦虎爺將軍退駕、陳亞衣離去，橘貓將軍這具已經步入終點的肉身，或許再也使不上一分力氣，要油盡燈枯了。

□

深夜，王小明駕車，從陰間送陳亞衣北上。

陌青在台南下車，帶著鳳仔返回陽世，和鳳仔一路哭著回家，並在注射擬人針後，急急趕赴醫院——太子爺並未以神力治癒姜洛熙重傷，而是附在他身上，踩著風火輪返回台南，將他帶到一間醫院的急診室前，然後退駕。

鳳仔說，太子爺想讓天庭親眼看看，身處在嚴峻環境前線的孩子們，在缺乏蓮藕身和重武器的情況下，與那些恣意揮霍人藥的瘋癲傢伙們性命相搏的真實處境。

倘若當時他沒提前降駕在姜洛熙身中，留下能夠破解遮天法術的黃金絲線，那或許連送姜洛熙進醫院的機會都沒有。

凌晨時分，陳亞衣抱著將軍，抵達劉媽家。

收到消息的劉媽一家，全站在門外等候，就連六隻貓乩的白貓媽媽，也站在門邊向外張望。劉媽一見陳亞衣走來，立時上前伸手要接將軍。

但將軍不等劉媽來抱，自個兒躍下地，和往常一樣，領著六隻貓乩，優雅地走回劉媽家，躺回慣用的貓布墊上，大大伸了個懶腰，像是什麼事也沒發生過一般。

六隻貓乩背後的金黃披風早在上車前即已消失，但唯獨虎爺將軍始終沒有退駕，即便返回劉媽家，仍繼續附在橘貓將軍身中。

陳亞衣在劉媽家待了一天一夜，將六隻貓乩的傷勢全數治癒，甚至連橘貓將軍的背上也已看不出傷口，但虎爺將軍依舊沒有退駕。

虎爺將軍不願退駕。

虎爺將軍比誰都清楚橘貓將軍的身體狀況。

期間劉媽抱著將軍，擠在前陽台那小小的土地神供桌前，嘰哩咕嚕地說了老半晌話，但虎爺將軍依舊不願退駕。

直到日落時分，陳亞衣因還有任務而向劉媽告別離去後不久，客廳那長長供桌上一尊威風凜凜的黑虎木像，才震動了起來。

劉媽一家感到有些不安，他們知道黑爺發怒了——黑爺是頭大猛虎，是大道公麾下的第一猛將，也是天庭虎園裡的總教頭；這兩天黑爺屢屢發出號令，要將軍退駕返回天庭，但將軍充耳不聞。

黑爺起初託土地神開導將軍，但經過一天一夜，仍然無效，即便將軍過去如何功績彪炳，但屢屢抗命，黑爺也忍無可忍。

劉媽女兒反應機靈，將六貓乩連同貓媽媽全喊回房間，關門上鎖，正是擔心要是黑爺降駕在六貓乩身上，揮爪教訓將軍，那場面說有多難看就有多難看。

本來窩在貓布墊上的橘貓將軍，此時緩緩起身，走到長木桌前，挺身坐下，望著桌上的黑爺像半晌，像是在聆聽黑爺訓話，不時低嗚幾聲，那聲音並非貓叫，而是低沉的虎聲，像是在與黑爺對答一般。

黑爺明顯不滿意將軍的答覆，木像震動得更加劇烈，劉媽家客廳高處也旋繞起黑色的烏雲，烏雲裡隱隱透著閃電。

黑爺的怒氣似乎上升到了極點，隨劉媽女兒躲進臥房的六隻貓乩，彷彿也被黑爺的怒氣嚇著般，全安靜擠在白貓媽媽身邊，一動也不動。

但將軍似乎無懼頭頂那團雷雲，還有震動不止的黑爺像所透出的怒氣，依舊挺直身子、睜眼凝望著黑爺木像。

劉媽站在一旁，一會兒看看將軍、一會兒看看黑爺像，彷彿想出聲打圓場，卻又不知該說些什麼。

下一刻，烏雲消散，黑爺像也不晃了，客廳飄出陣陣檀香味，四周縈繞起五色流光。

本來離去的陳亞衣又回來了，她踏進劉媽家門，對劉媽說：「大道公託我傳話給兩位將軍。」

陳亞衣來到客廳，在將軍身前盤腿坐下，輕輕撫摸將軍腦袋，捏揉他頸子，對劉媽說，虎爺將軍之所以不願退駕，是因為認為此次任務並未結束。

他祈求上天，讓他與橘貓將軍共同完成這次任務，讓橘貓將軍這二十餘年的的貓乩生涯有始有終，而不是帶著遺憾離開。

劉媽苦笑點頭，知道所謂「任務」，可能是攻破苦水堂煉獸大本營、宰了白雪與那凶神巨獅，結束整起事件——但春花幫苦水堂是當今陰間前幾大幫派，旗下的煉獸基地可能遍布各地，光是找出大本營藏在哪兒，或許就要花上數月甚至更長的時間。天庭豈會容忍一隻虎爺，這麼長時間抗命呢？

「媽祖婆令我接替姜洛熙，調查苦水堂煉獸事件，大道公也令將軍全力支援我，聽我調度指揮。」陳亞衣望著將軍的雙眼，說：「但我得先花一段時間，調查苦水堂據點跟計畫。大道公和媽祖婆擔心這段期間，苦水堂馴獸師有可能會對貓乩們發動突襲，所以同意讓虎爺將軍繼續降駕在貓將軍身上，保護劉媽一家和貓乩們，直到我調查完畢，鎖定敵方據點、準備攻堅時，再來帶將軍出戰……讓貓將軍完成最後任務。」陳亞衣說到這裡，向將軍伸出掌，問：「可以嗎？」

將軍抬起小爪，放上陳亞衣掌心。

協議達成。

# 拾

這天，風和日麗，姜洛熙久違地返回校園上課。

他在加護病房躺了近兩週，期間數度病危，直到前幾天，天庭諸神總算同意提前賜予姜洛熙蓮藕身。

太子爺這才降駕姜洛熙身中，將一枚金光閃耀的蓮子放進他口中，讓他嚥下肚，再化為潺潺金流湧入他四肢百骸。

那天夜裡，姜洛熙胸口挺起一株凡人看不見的神蓮，底下的蓮藕則在他體內快速生長，一吋吋替換他原有的血肉骨。

獲得蓮藕身的姜洛熙，僅短短幾天，便從臟器嚴重受損、大量失血、傷口感染，隨時都有可能喪命的情況下，恢復至意識清醒、能走能跳的地步，讓整間醫院的醫護人員都感到不可思議。

中午空閒時分，姜洛熙來到校園靜僻處的一棵榕樹下，舉起雙手反覆張握，感覺不出現在的身體和以前有什麼差別，但他知道蓮藕身能讓他變得「很難死」，只是暫時還沒有機會驗證，他當然也不會無聊到拿把刀往胳臂割上幾刀，測試蓮藕身是否真那麼神奇。

一個系上女同學提著一盒蛋塔來到他面前，恭喜他康復。

他道謝收下——這是他今日到校後，收到的第七份禮物，前六份禮物同樣也是校內同學和學長姊送的。

姜洛熙在學校雖然總是一副心不在焉、對什麼事情都不感興趣的模樣，上課也都挑角落位子、從不向教授提問，成績卻始終名列前茅。雖然沒有特別擅長的運動，但體力和體格似乎也不輸給體育系的同學——畢竟他這兩年認真地按照韓杰開給他的健身菜單努力鍛鍊身體。

更重要的是，姜洛熙長相斯文帥氣，對年齡相仿的大學生來說，這樣的條件和性格，簡直像是漫畫裡才會出現的優質神祕男孩。

因此時常有女同學，甚至是男同學向他告白。

他起初說剛上大學不想談戀愛，後來索性將與注射擬人針的陌青出遊時的合照設成手機桌布，說自己有女朋友了。

事實上他倆相處至今，確實也像是一對情侶，彼此也默認這樣的關係，但陌青總是說，假如有一天他碰上適合的女孩，儘管去追人家。

兩人初遇時，姜洛熙才十七歲，而陌青則維持死時未滿二十歲的模樣。再過幾個月，姜洛熙就要與陌青生前投海時同歲了；相較於初遇那時兩人站在一塊彷如姊弟，現在的姜洛熙個頭拔高不少，身形也從瘦弱變得精壯結實，站在陌青身旁，郎才女貌，更像是一對了。

但他們心裡知道，時間會一直往前，現在兩人只是剛好走到了最美的時刻，這一刻或許不會那麼快結束，但終會走到兩人必須做出抉擇的時候。

陌青不希望這樣絆著姜洛熙一輩子。

姜洛熙說他並不介意被她絆著，反正他又無所謂。

陌青說既然他無所謂，那就聽她的，她會在適當的時候離開，讓下一個她陪他走完後半輩子。

「我們的故事，從一開始就註定不可能走到完美的結局，所以必須讓另一個她接手，陪你把你們的故事，寫下圓滿的結局。」

姜洛熙問「適當的時候」是什麼時候？

陌青說是當她能放心一切、笑著踏上大輪迴盤的時候——她當年的死因是投海自盡，按照陰間律法，自殺者由於是自主離開陽世，因此若想投胎再回陽世，理應等其他期盼回歸陽世的亡魂全部輪迴之後，才能登上大輪迴盤，然而當今陽世活人一天多過一天，下陰間的亡魂也一夜多過一夜，每日能夠登上大輪迴盤的名額有限，自殺者等於永世不得超生。

但陌青當初選擇自盡是因受到惡徒壓迫欺凌，本來就委屈，太子爺看在這兩年她長伴姜洛熙身旁，替姜洛熙照顧弦月、鳳仔，甚至與他一同辦案，早已替她平反了這件事，還替她弄到一張鑲有金邊、隨時都能插隊登上大輪迴盤的特級輪迴證。

「她還在耶。」陌青在姜洛熙身旁現身，頭上戴著銀鈴教她編的遮陽草帽。

「嗯？」姜洛熙呆了呆，四顧張望，果然見到那剛剛送他蛋塔的女同學，還站在遠處另一棵榕樹下，默默望著他。

「呃……」姜洛熙思索著這位和他同樣就讀心理系的同學，一時記不起對方名字，在校內，她和他同樣低調，留著一頭長髮，雖然面貌清秀，但有種令人難以親近的陰鬱氣息。

嗡嗡，姜洛熙手機震動了幾下。他取出手機，發現有一則新訊息，他見到傳訊人的名字，這才想起正是對面榕樹下那女同學名字——柳伊香。

他點開訊息，只見上頭寫著——

「我看得見你女友。」

姜洛熙微微一驚，陌青湊近來看姜洛熙的手機螢幕，也嚇了一大跳，趕緊返回四靈陰牌。

嗡嗡，姜洛熙收到第二則訊息——

「你們需要幫助嗎？」

「……」姜洛熙望著對面榕樹下的柳伊香，快速打字回覆她。

「謝謝妳的好意，我不需要幫助。」

「知道了，不好意思打擾了。」

姜洛熙收到第三則訊息後，再抬頭望向遠處的榕樹時，已不見柳伊香身影。

□

當晚，陰間，烈火堂總部辦公室。

辦公桌上那盞鬼火燈，火色不停變化，也是偌大辦公室裡唯一的光源。

卓火秋倚坐在豪華辦公椅上，左手端著一杯摻了人藥的血酒，目不轉睛地盯著辦公桌上的信封與信紙。

現在陽世人人都有手機，陰間的鬼也一樣；如今不論人還是鬼，「寫信」這舉動都相當罕見。

但擺在卓火秋辦公桌上的那封信，可不是閒話家常，也不是客套招呼，而是一封「戰帖」。

戰帖這玩意兒，使用傳統書信邀約對方決一死戰，確實比手機簡訊更像一回事。

而戰帖內容也頗為簡潔，前因始末都沒寫，只說時間、地點任卓火秋決定，兩人一對一單挑，帶人觀戰無妨，別妨礙決鬥即可。

賭注是兩人的一切。

「一切」，即是指財產、地盤、親友、下屬、情人，甚至是敗者本身，都歸勝方所有。

信末署名，是苦水堂閻冰。

這封戰帖，是今天稍早之前，由苦水堂副堂主帶著一票剽悍惡鬼手下，堵著一位落單的卓火秋心腹，親手將信交給他，要他轉交給卓火秋。

當時，苦水堂副堂主並未對卓火秋的心腹動粗，反而客氣地拍拍他的肩，要他放輕鬆，說決鬥之後，大家都是自己人了。

那心腹嚇得腿都軟了——破壞苦水堂邪獸養殖場、造成邪獸走失傷人，使得天庭出動乩身突襲養殖場的點子，正是出於這名心腹。

簡單來說，這封挑戰書並非有人偽造挑撥，確確實實就是闇冰本人的意思。

「……」卓火秋輕啜一口人藥血酒，他盯著這封信已經兩、三個小時，似乎仍在猶豫——早個幾年，苦水堂聲勢遠不及烈火堂，但這兩年，闇冰趁著卓火秋與春花幫長老之一的竇老仙，鬥得不可開交、無暇分心之際，默默吞下了好多地盤，短短兩、三年時間，搖身一變成為能與烈火堂、竇老仙分庭抗禮的勢力了。

卓火秋不覺得自己單挑會輸給闇冰。

但他就是覺得不對勁——闇冰向他下戰帖，明顯是為了報那養殖場的仇，然而闇冰有本事在他重要心腹落單時堵到人，代表闇冰已經摸清那心腹平日行蹤，理應也摸清了烈火堂不少祕密據點的位置。

但闇冰沒有發動突襲，沒耍狡詐詭計，而是託心腹拿戰帖給他？

倘若苦水堂勢力遠不如烈火堂，闇冰想來個以小博大，那也就罷了，偏偏最近苦水堂接連併吞了好幾支勢力，版圖飛快擴張；相對地，烈火堂近況不佳、連連翻車的消息，也傳遍整個陰間，闇冰當然不可能不知道。

不久之前，卓火秋想湊湊溫家術士惡鬥的熱鬧，看有沒有機會將勢力拓展進陽世。起初情勢大好，卓火秋力挺的溫秀芬取得絕對優勢，眼看就要接收整個溫家，附帶一個珍貴罕見的煉鬼器皿——溫家千金溫曼儀。

屆時他既有人藥，又有溫曼儀，更有擅長溫家煉鬼邪術的溫秀芬幫忙，助他打造一支前所未見的強大軍隊。

或許是那段時間太順利了，令他有些飄飄然，自以為能夠掌控全局、多線發兵，便欣然接受心腹提議，派鬼去破壞苦水堂的養殖場，因此和閻冰結下梁子。

後來不知為何，情勢丕變，溫秀芬的師姊呂安華得到神祕強援，一舉扭轉情勢，不但靠著那強援一口氣掀了烈火堂好幾處據點，殺傷他眾多嘍囉，還在兩天前的溫家大宅攻防戰中，將他派去支援溫秀芬的烈火堂主力部隊，殺得潰不成軍，連左右手方禮白都受了重傷，入院急救。

短短兩天，烈火堂在陰間成了個大笑柄，許多已經答應與烈火堂合作、全力對付竇老仙的地方角頭們，接二連三打來電話或是捎人傳話，說要再考慮考慮。

在這節骨眼上，閻冰願意捨棄所有優勢，找他一對一單挑？

連時間地點都讓他決定？

即便是三歲孩子，也知道其中有詐。

卓火秋盯著酒杯思索半晌，漸漸浮躁起來，將杯中人藥血酒一飲而盡，重重把空杯放回桌上，起身來到窗邊，望著窗外陰間天空中的滾滾血雲、望著窗面自己的倒影，神情凶悍猙獰。「閻冰，比耍詐，我也不會輸給你，要耍大家一起來耍……」

卓火秋取出手機，向站在辦公室外等他做決定的祕書說：「闇冰那封戰帖我接受了，你先把兄弟們全叫回來開會，然後把咱們烈火堂全部的盟友，找來我辦公室喝茶，大家研究研究，怎麼招待闇冰。」

卓火秋不確定闇冰是否有詐，反正他已經決定要耍詐了——即便是耍詐，只要能除去闇冰，苦水堂其他人不認帳也無所謂。少了闇冰的苦水堂，終將成為他的囊中物。

他曾見過闇冰妻子一面，他覺得自己現在的十一個女朋友，沒一個比得上她那絕倫美貌。

綜觀當前情勢，這封戰帖或許反倒成為他如今能扳倒苦水堂的唯一機會。

他要奪走闇冰擁有的一切。

# 拾壹

深夜，陽世。

姜洛熙躺在三樓臥房的床上，右手輕輕撫按著左肩，呆然望著天花板，彷彿還未從剛剛樓頂上那場打鬥中回過神來。

打鬥的對象是倪飛。

此時倪飛正躺在他家二樓客廳的沙發上呼呼大睡。

今兒個他剛返家，便見鳳仔叼著籤令飛來，含糊不清地說晚點會有客人到。

客人正是倪飛。

姜洛熙正欲看籤，太子爺或許覺得當前情況難以透過籤令上短短幾句話說明白，便降駕在姜洛熙身中，和他詳說倪飛昨夜在守護溫家大宅一戰中，被魘魔手下以邪術激出身中邪氣，那邪氣凶不可擋，竟將火尖槍、混天綾等天賜法寶都染得漆黑一片。當時那畫面傳至天上，嚇壞一票觀戰神明，而更令太子爺及眾神震驚之處，是倪飛那邪氣侵入本該不傷凡人肉身的火尖槍後，竟能夠劃開韓杰的胳臂皮膚。

天庭經過一夜討論，急令倪飛趕赴台南，和剛獲得蓮藕身的姜洛熙動手過兩招，名義上是協助姜洛熙復健，實際上大家心照不宣，就連倪飛也心知肚明，天庭諸神是想瞧瞧，倪飛那身邪氣是否會對姜洛熙的蓮藕身起作用——

太子爺讓姜洛熙吞下的那顆金蓮子，是太乙真人替姜洛熙和倪飛兩人量身定做、精心栽培的神蓮所產出的。

而預計之後要給倪飛的蓮子，正埋在同一株神蓮的同個蓮蓬裡，連同整盆神蓮，就擺在太乙真人研究室的大桌上，每日受太乙真人施法加持。

倘若姜洛熙的蓮藕身會被倪飛邪氣影響，那麼太乙真人桌上那盆神蓮連同嵌著十餘顆蓮子的蓮蓬，恐怕就要砍掉重養了。

剛剛頂樓一戰最終，太子爺最後附身在倪飛身上，挺著黑火尖槍，刺入姜洛熙肩頭，一面令姜洛熙別出力抵抗，一面令倪飛全力將邪氣送進姜洛熙身中。

當時，姜洛熙感到一股至陰至寒的氣息，源源不絕地自倪飛那黑火尖槍流入自身。他先是冷顫連連，跟著是詫異；倪飛那身陰氣，是他在這兩年的實習過程裡，與各路陰間勢力交手至今，見識過最純粹且不帶一絲雜念的陰氣。

過往陰間各路凶神惡煞的一身陰邪氣息，往往與其怨念、慾望、野心、妒恨融為一體，帶有每名亡靈獨特的氣味。

但倪飛送來這陰氣純淨無瑕，彷如由冰冷機器量產出的陰氣般，不帶有絲毫氣味和慾望。

他被這樣的陰氣灌入自身，一點也不覺得受到威脅或是不快。

他甚至並不排斥接受這樣的陰氣洗禮——就在他腦袋閃過這奇異念頭的同時，太子爺降駕了，海嘯般的神力瞬間驅散充滿他全身的陰氣。

他這才微微回神，首先見到鬆手放開火尖槍的倪飛，一臉錯愕地望著他，跟著又瞥見被嚇到忘記振翅而掉落在地的鳳仔。

太子爺在他身中持續散發神力，說剛剛他整張臉、整個人，都變成陰暗漆黑，彷彿被奇異力量附體奪魄般——

倪飛的陰氣確確實實會對蓮藕身產生影響。

但具體會造成什麼影響，就得留給天庭諸神，尤其是太乙真人傷腦筋了。

同時，不僅倪飛的那顆神蓮種子要重養，就連整套尪仔標也要重造新版——但倪飛還是得繼續拿著舊版尪仔標定時操練，讓天庭持續記錄尪仔標在他手中的變化，才能進一步替他量身打造新尪仔標。

此時姜洛熙肩頭和手掌的傷口，在太子爺施法及蓮藕身作用下，已經痊癒；他默默回想著剛剛頂樓上的情況——倘若由他持續發力向倪飛身中灌注仙氣，又會是什麼樣的光景呢？

□

翌日是週五，姜洛熙出門上學，倪飛則上了頂樓，在太子爺監督下持續操練尪仔標——儘管倪飛說自己那破學校不去也沒差，但他終究是因公曠課，因此天庭還是派出假身代他上課。

傍晚姜洛熙返家，晚餐後，兩人再次上頂樓對練。

接下來的兩天假日，姜倪同樣服下能夠記錄身體變化的符藥，從早對練到晚，藉此回報更加詳細的身體資料給天庭研究。

期間兩人趁著休息空檔，和陳亞衣、韓杰開了個小小的視訊會議。

姜洛熙入院之後，陳亞衣接手調查苦水堂與陽世活人合作煉獸的事件，但或許是姜洛熙一口氣連破數間邪獸養殖場的消息已在陰間傳開，之後陳亞衣循著各種小道消息找著的煉獸據點，多半已人去樓空，頂多留下一座座空蕩蕩的獸籠。

陳亞衣似乎對案件陷入膠著不怎麼介意，也沒有要姜倪兩人幫忙，只說不急慢慢來，她想給將軍更多時間備戰。

韓杰說他這幾天本想抽空去劉媽家看看將軍，但劉媽的兒女同時請了假，陪同父母和八隻貓，乘著新買的休旅車遠行去了。

劉媽一家替將軍備戰的方法，就是帶他遊山玩水，讓他體驗一下當隻單純家貓的滋味，而非時時刻刻留意四周妖邪動靜的貓乩——雖然他們也不確定將軍能否感受到兩者間的差異、究竟開心或不開心。但在虎爺將軍長時間降駕加持下，橘貓將軍儘管身形依舊消瘦，食慾倒是比之前好上許多，餐餐大魚大肉。

# 拾貳

一週後的陰間，兩輛豪華轎車緩緩停在陰間巷弄裡一間不起眼的小吃店前。

前一輛車後座的男人外貌約莫四十出頭、髮型是俐落的寸頭、下巴蓄有短鬚、臉龐稜角分明、雙眼銳利如刀，合身西裝外面，還加了件長版風衣。

一副事業有成的霸道總裁模樣。

他是苦水堂的閻冰。

閻冰整整衣冠，準備下車，身旁的美麗妻子拉住他的手，對他說：「小心安全。」

「妳放心。」閻冰吻了妻子，摸摸她頭髮、拍拍她手背。「回家等我，我忙完就回去。」

閻冰說完，開門下車，走進小吃店。

小吃店內空間狹窄，只擺著四張小桌，最角落的那張小桌坐著兩個人。

其中一個男人穿著寬大黑袍、肩披連帽斗篷，身形壯碩，猶如一座小山，碩大臀部得用兩張圓凳並排擺在臀下，才能坐得安穩。男人斗篷帽下那張陰暗大臉滿布皺紋，一雙丹鳳大眼妖異魅惑，和他那身碩大身軀、國字方臉格格不入。

同桌的另一人，則是個身材纖瘦的少年。少年一頭白髮，身穿黑色皮褲和貼身短袖上衣，露在袖口外的兩條胳臂，是滿滿的墨青色刺青，圖案是一隻隻鬼，男女老少都有，共通點是模樣痛苦——這些刺青並非靜態圖案，而是像動畫影片般，神情痛苦地緩慢掙扎，一個個張大嘴巴卻喊叫不出聲。

閻冰拉了張圓凳，來到兩人身旁坐下。廚房裡走出一個古怪侍者，替閻冰奉上一碗湯。

乍看之下，像是碗豬血湯，但閻冰捏著湯匙撈了撈，湯中有耳有眼，還有一塊塊長形血塊。

眼是人眼，耳是人耳，血塊自然不會是豬血了。

這家小吃店，專賣陰間各大人物都喜愛的綜合人血湯，儘管店面簡陋，但一碗人血湯的售價極其高昂，想光顧不但得事先預約，且還未必預約得成，即便預約成功，也有可能被勢力更大的老闆「插隊」。

閻冰見另兩人面前都是空碗，知道自己來得遲了，舀起一顆人眼就往嘴裡送，跟著一杓接著一杓，不到兩分鐘便喝光整碗人血湯，取過紙巾抹抹嘴，說自己其實第一次光顧這間人血湯店，果然名不虛傳。

跟著，他相當認真地為自己的遲到，向兩人表示歉意。

白髮少年不以為意地說：「別見外了，你晚到幾分鐘而已，今天你是主角，等等讓我們開開眼界啊。」

斗篷巨漢上下打量闍冰，微笑說：「三個月不見，你又更上一層樓啦。」

「你們也是啊。」闍冰瞧瞧斗篷巨漢，又盯著白髮少年胳臂上那「動態刺青」，說：「你又找著更多哥哥姊姊了。」

「是啊。」那少年笑著說：「差不多快找齊了，還剩下最後幾個，挺會躲的，嘻嘻。」

「吃完人血湯，走吧。」斗篷巨漢首先起身。他坐著便像一座山，站起身更是高大，頭頂比小吃店的門還高。「我等不及想瞧瞧烈火堂堂主的廬山真面目了。」

「對，我差點忘了你和他才剛打完仗。」闍冰哦了一聲，起身領著兩人走出小吃店，乘上剛剛停在小吃店外的第二輛豪華轎車。

闍冰坐在副駕駛座，透過後照鏡瞧了瞧斗篷巨漢：「聽說前幾天，你差點逮到太子爺乩身？」

「差點？不不不，差多啦。」斗篷巨漢呵呵笑著，眨了眨眼說：「那小子雖是實習生，但挺機靈，連靈陀都被他整得慘兮兮——」

「到口的肥羊溜了，覺得可惜嗎？」白髮少年笑著問。

「當時是真有那麼一丁點失望……」斗篷巨漢——魘魔無晝咧嘴笑了笑，對白髮少年說：「但仔細想想，如果那位中壇元帥真那麼容易對付，我們三個又何必這樣大費周章，忙這個忙那個的。有些事情麻煩死了，一點都不有趣……」

「這倒是真的。」白髮少年和閻冰，不約而同地點了點頭。

數十分鐘後，豪華轎車駛入山郊一棟詭異建築停車場內。

這棟建築在陽世，是一間歇業多年的廢棄精神病院，但在陰間，則是春花幫成千上百處據點之一——原本的堂口解散之後，相繼有其他堂口看上這棟建築，都想拿來作為堂口據點。

於是春花幫長老會召開臨時會議，提議讓眾堂口出錢競標這棟建築，出價最高者，將競標金額上繳作為春花幫公積金，由長老會負責管理。

但在卓火秋接連拜訪幾位堂口老大之後，本來有意競標這建築的堂口老大們，全開出低到不可思議的金額。

最終卓火秋僅以長老會預期價錢的十分之一，取得這棟建築，且豪爽地上繳兩倍的金額，說自己為了春花幫盡心盡力，要大家千萬別再以訛傳訛，說什麼春花幫只會內鬥。

長老會領袖竇老仙為此氣得七竅生煙，連私下服食人藥修煉道行時，都氣得無法集中精神，一不注意出了差錯，變得瘋瘋癲癲，更沒辦法管事了。

「長老會早就大不如前了。」闇冰站在豪華轎車外，望著陰間這整棟建築。

「也就是說……」白髮少年來到闇冰身旁，說：「等下你解決卓火秋，等於掃掉你在『一統春花幫』這個目標上，最大的障礙了。」

「可能吧，但障礙這東西，有時候莫名其妙就冒出來了。」闇冰淡淡一笑。

「闇兄說得沒錯啊，這兩年因為人藥這玩意兒，讓陰間一切都變得有可能了。昨天的小貓，變成今天的老虎；上禮拜還是條野狗，這禮拜變成狼王，這種例子現在在陰間隨處可見呀。」魘魔無晝也來到兩人身旁，嘿嘿笑說：「兩、三年前，烈火堂堂主肯定也想不到，以前苦水堂那老好人堂主身邊一名不起眼的小弟，竟然搖身一變成了他最難纏的對手之一。」

「不只。」闇冰冷笑了笑，抬步往那建築正門走去。

「今晚之後，我要變成他的主人了。」

□

一名嘍囉急急奔過長廊、奔入四樓的交誼廳，來到一張酒紅色單人沙發旁，氣喘吁吁對卓火秋說：「大哥……闇冰來了，他還帶著兩個伙伴，不曉得身分……」

「我知道，他們的車剛開上山時，我就感應到了。」卓火秋左手端著人藥血酒，右手捏著一根雪茄——這雪茄也不是一般的雪茄，裡頭的煙草摻入特製符藥，能幫助他控制攝入的人藥，令他在駕馭人藥力量的過程中，能稍稍輕鬆一點。

「各位老大。」卓火秋舉起酒杯，向交誼廳裡除他之外的那十一個端著人藥血酒的傢伙致意。「今晚我們十二堂口攜手合作，先收拾闇冰，然後再收拾竇老仙那群老不死，正式接管長老會。」

「秋哥說得好！」「廢了苦水堂、接管長老會，等於控制了整個春花幫。」十一個堂口老大裡，有些熱烈地和卓火秋一搭一唱，也有些僅微微舉杯致意，更有些似乎顯得意興闌珊，像是壓根不覺得自己應該被歸類進今晚的「十二堂口」之中。

「阿秋——」一個胖大叔開口。「電話裡，你向我保證過，今晚只是來看看熱鬧，不會真讓我動手啊。」

另一個消瘦阿姨也說：「是啊，阿秋，今晚來這裡陪你喝酒的人，都是挺你的，你應該知道，但我們從來不想和誰爭地盤，所以也沒用過人藥，你們現在一個個都厲害得很，等會兒真打起來，我們真插不上手啊……」

「……」卓火秋長長吸了口雪茄，吐出煙來，沉默幾秒，點頭笑說：「這個當然啦，各位叔叔伯伯阿姨今晚能過來陪我喝一杯，小弟已經非常感謝了，今晚我保證各位平安無事。」

卓火秋起身，將雪茄扔入空杯中，遞給嘍囉，跟著來到窗邊，揭開窗戶，躍出窗外，落在數十坪大的中庭空地裡。

自然，這片中庭空地無花無草，四周立著一根根木樁，圍著三條粗繩，粗繩上懸著密密麻麻的骷髏頭和奇異符籙，像是精心打造的格鬥場地。

交誼廳裡，幾個力挺卓火秋的堂口老大鼓譟起來，吆喝眾人做好準備；有的說團結力量大，今晚讓閻冰葬身於此，此後大家共享榮華富貴；有的則說今晚要是讓閻冰逃了，他肯定會報復在場所有人。

他們一面鼓譟、一面取出一張紅色符咒，放入口中咀嚼幾下，咕嚕吞下肚，跟著從嘍囉手中，接過整套古怪甲冑，穿戴上身。

幾個推託不能打的堂口老大，也只能無奈配合，不情不願地吞符戴甲，面面相覷。

中庭空地上，卓火秋已經脫去上衣，僅穿著一條緊身皮褲和尖頭蛇紋皮鞋，站在南側繩圈旁，兩隻手搭在繩圈上，盯著大步走來的閻冰三人。

「哦？」閻冰見中庭裡竟布置了這陣仗，哈哈一笑，按著繩圈，翻身躍入場中，瞅著卓火秋說：「你挺有心啊，布置得這麼隆重。」

「是啊。」卓火秋盯著繩圈外那魘魔無畫與白髮少年，對閻冰說：「你特地帶了朋友來，怎不向我介紹？」

「還是別介紹了。」閻冰扭扭脖子、轉轉拳頭，像是做起輕度熱身。「我怕你之後尷尬。」

「尷尬？」卓火秋愣了愣。「我為什麼會尷尬？」

「你忘了我們的賭注——今晚輸家的一切，包括輸家本身在內，全歸贏家。」閻冰呵呵一笑說：「我打算今晚之後，讓你當我的狗；有哪個狗主人，會向狗介紹自己朋友呢？」閻冰這麼說的時候，還從風衣裡掏出一條繫著名牌的項圈，往前一拋，不偏不倚地落在卓火秋身前。「我特地請人替你造了名牌。怎樣，喜不喜歡？」

「……」卓火秋瞧了瞧地上那項圈，名牌上當真寫著「火秋」二字。他望向閻冰，扳起手指，發出喀啦啦的聲響，一雙手燃起了暗紅色的火。「閻冰，你對自己這麼有自信？你覺得一定能贏我？」

「當然。」閻冰說：「如果連一個卓火秋都對付不了，我心中那張藍圖豈不是跟笑話沒兩樣了。」

「你心中的藍圖？」卓火秋也扭動起脖子，緩緩抬步往閻冰走去，赤裸的上身膚色漸漸由肉色轉為褐紅，甚至迸出一道道裂痕，裂痕裡透出亮紅光芒，猶如熔岩一般。「你還有什麼藍圖，說來聽聽？」

「沒聽說有狗主人和愛犬聊藍圖的。」閻冰又一笑，但隨即改口。「不過你現在還不屬於我，我簡單說好了。」他這麼說時，轉身往後揚手，先指白髮少年，再指魘魔無晝，說：「天歸他、地歸他——」

然後豎起拇指，頂向自己的胸口。「陰間歸我。」

「陰間……歸你？」卓火秋先是一呆，停下腳步，跟著啞然失笑，說：「我以為陰間我最狂，沒想到你比我還狂，你想吞下整個陰間？」他說到這裡，又望向白髮少年和無晝。「而且連天跟地也要？你們三個究竟在打什麼主意？」

「乖，別問太多。」閻冰搖頭說：「你只要乖乖當我的狗，討我開心就行了，知道嗎？火秋……」

「我操你媽——」卓火秋聽閻冰開口閉口就喊他狗，終於按捺不住怒火，露出猙獰怒容，揚起燃著赤火的拳頭，向閻冰奔去，唰地一拳打向閻冰臉面。

「我媽早投胎轉世了。」閻冰抬手抓住卓火秋的赤火拳頭，對他說：「而且你得先贏我才行。」

卓火秋見闍冰身上透出一股冰霜氣息，哈哈大笑說：「傻子，你不曉得火能溶冰嗎？你不曉得我天生是你剋星？」

他邊說，邊舉起左手，朝闍冰又出了一拳，再次被闍冰接下。

「傻狗。」闍冰雙手抓著卓火秋那雙燃火拳頭，冷笑說：「你不曉得冰溶了之後，會變成什麼嗎？」

卓火秋只見闍冰雙手上的冰霜，被他雙拳燃起的火燒溶，化成了水，卻一滴也未落下，像是有生命般，自他雙拳一吋吋爬上雙臂。

一道道冰凍的流水爬過卓火秋手臂上裂痕，裂痕下那如熔岩的亮紅立時黯淡，像是被澆熄一般。他不僅感到雙拳發出刺痛，且有兩股異樣寒氣，自他雙臂上那一道道熔岩裂痕滲進他全身。他連忙鼓足全力，催動熊熊赤炎纏繞全身，使勁將赤炎一鼓作氣地推至雙拳，然後全力炸開。

卓火秋向後躍開老遠，只見闍冰彷彿沒事般，自前方那熊熊火團裡悠哉走出，卓火秋趕緊雙臂一揚，兩隻手各自抓著一把紅符。

「你會後悔讓我決定時間地點。」卓火秋這麼說，雙手上一道道紅符轉眼燃起大火，四面繩圈上的符籙也同時起火，一顆顆骷髏眼耳口鼻全噴出火，繩圈內那塊荒地，竟和卓火秋身上皮膚一樣，迸出一條條巨大裂痕，流淌出炙熱熔岩。

就連四周建築也燃起熊熊烈火。

轉眼之間，整座格鬥場連同四周樓房，彷如陷入火海煉獄。

這就是卓火秋這幾天苦思想出的主場優勢，他擅火，想以火剋冰，還將整棟建築化為一片火海。

「我既然讓你決定時間地點，當然知道你會替自己打造地利。」閻冰冷笑說：「上頭那些幫手不露面嗎？別賣關子了，全端上桌吧，菜上得太慢，都冷了。」

閻冰還沒說完，中庭四周建築的窗子已經紛紛揭開，躍下一批批打手。

這些落進中庭、攀在牆上、飛在空中、踩在窗沿的數百名打手，七成是烈火堂裡的菁英打手，餘下三成則是另外十一個堂口老大和隨行保鏢。

他們在數分鐘前都吞下避火符，且穿戴上特製防火鎧甲，就是為了這一刻，集中全力圍剿閻冰。

「閻兄。」無畫站在繩圈外，向閻冰說：「需要幫忙儘管開口啊。」

「應該不需要。」閻冰笑答：「但如果你嫌悶，儘管自己找樂子。」

「溫度呢？」白髮少年雙腳踩在崩開的地面，雙踝以下泡在熔岩裡、雙臂攬在燃火繩圈上，悠哉地瞅著閻冰笑問：「有我們上次那聚會所的三溫暖舒服嗎？」

「上次那三溫暖舒服多了。」闇冰回答：「卓火秋的火不夠熱，不過癮。」

「喝——」卓火秋早已蓄勢待發，聽闇冰說他的火不夠熱，氣得眼耳口鼻都流淌出熔岩，吼叫一聲，揚起赤火拳頭，鼓足全力朝闇冰衝去，揮出一記彷如火流星般的拳頭。

闇冰站定不動盯著卓火秋朝自己衝來，直到卓火秋的拳頭揮到自己鼻頭前才哼地一笑，側頭避開火拳，同時右拳向上一勾，結結實實轟在卓火秋下巴上，賞他一記迎擊上勾拳。

卓火秋被這記迎擊上勾拳轟上半空，在空中穩住身子，下方卻不見闇冰身影——原來闇冰隨他一齊升空，躍在他頭頂上方，右手抓住他的後腦、左膝抵住他後背，壓著他重重墜地。

轟隆一聲，火場中央隨著闇冰壓著卓火秋墜地，陡然黯淡了一大圈。是闇冰發出的寒氣，令地板熔岩急速降溫。

幾秒之後，黯淡下來的地方，隨著卓火秋暴怒起身重新燃起大火。

「混蛋——」卓火秋凶狠地對著闇冰亂砸火拳。這次闇冰連避也不避了，直挺挺站著，任由卓火秋拳頭砸在他胸膛、腰腹，甚至是鼻梁上。

幾名膽子較大的堂口老大將闇冰團團包圍，舉著刀斧往闇冰腦門上猛砸。

闇冰全身結出一層薄冰，彷如護甲般，即使被四面八方砸來的拳頭和武器狂轟濫炸，也只是迸出一塊塊裂紋和凹痕，且轉眼便復原。

「力道怎樣？」白髮少年全身泡在火裡，仍維持著同樣的姿勢，笑問闇冰：「有我們上次三溫暖前的馬殺雞舒服嗎？」

「太輕了。」闇冰正面捱拳，皺眉搖頭，又捱一拳，仍搖頭說：「像是撓癢一樣，害我想打噴嚏。」

「吼——」卓火秋狂吼一聲，左手掐著闇冰肩頭，右手蓄足全力，拳頭包裹上一團巨大火球，朝著闇冰臉面打去。

幾名堂口老大在卓火秋這拳蓄力時便識趣地躍遠，都怕被卓火秋的暴怒烈火波及，但闇冰僅是略低下頭，用自己的額頭，去迎接卓火秋轟來的拳頭。

磅——卓火秋的右拳撞在闇冰額頭上，拳頭嚴重變形、手指扭曲折斷。

闇冰額頭毫髮無傷。

卓火秋愕然間，同時感到右臂異常僵硬，竟是在拳頭砸上闇冰額頭的瞬間，即已被凍結成堅冰。

他向後一躍，不敢置信地望著闇冰，連忙以左手托火，按上變形凍結的右臂，試圖替右臂解凍。

闇冰瞬間站在卓火秋面前，伸手抓住他的左臂，轉眼將他左臂也凍結。

「怎麼……可能？」卓火秋瞪大眼睛，望著闇冰。「原來你……不怕火？」

「誰說我不怕火，我只是不怕你的火。」闇冰笑著拍拍卓火秋的臉，伸手攬上他的肩，將他攬至身旁，讓卓火秋也瞧向白髮少年和魘魔無晝，像是好兄弟聊天般，對他說：「我們三個如果連你卓火秋的火都扛不住，之後怎麼扛天上那中壇元帥的三昧真火呢？」

「中壇元帥的……三昧真火？」卓火秋感到肩頸被闇冰胳臂上傳來的極寒魔氣，凍得渾身發抖，一點力氣也使不上來。此時此刻，他終於感到自己與闇冰的力量差距，絕非這烈火陷阱、這批幫手能夠扭轉。「你們……該不會……想和前幾年……那位摩羅大王一樣……」

「我們不是想和摩羅大王一樣，我們要超越摩羅。」闇冰笑說：「摩羅當時做不到的事情，我們替他完成，然後像我剛剛說的——」他這麼說的時候，揚手指向白髮少年，說：「天歸他。」

跟著指向無晝。「地歸他。」

最後闇冰以拇指頂著自己的胸口。「陰間歸我。」

「你……為什麼覺得自己可以辦到……」卓火秋此時全身黯淡無光，一絲絲火也發不出來了。「連摩羅大王……都辦不到的事？」

「因為我們三個加起來。」閻冰這麼說：「比摩羅更強。」

卓火秋無法再說什麼，此時他就連開口說話的力氣都逐漸被閻冰的魔氣消耗殆盡。

四周打手此時也都感受到閻冰那股終於不再掩飾的恐怖魔氣，嚇得一動也不敢動。

幾個舉著武器，本來想悄悄偷襲無晝和白髮少年的傢伙，見無晝轉頭望向他們，立時嚇得扔下手中武器，立正站好。

「好了。」閻冰取出那條不知何時撿回手中的項圈，原來項圈上也裹著一層薄冰，因此沒有被大火燒壞。他拍去項圈上的薄冰，溫柔地替卓火秋戴上，摸摸卓火秋的一頭亂髮，笑說：「你以後就是我的狗了。」

閻冰剛說完，隨即揪著卓火秋後頸倏地站到火場中央，身中魔氣向外擴散，轉眼熄滅了四周大火。

「各位等會兒別急著走，大家一起喝杯酒，以後就是一家人了。」他這麼說時，依序望過今晚在場的十一個堂口老大，甚至還喊出他們的名字，隨口寒暄兩句，說：「別這麼害怕，我閻冰不會為難自家人。」

「……」幾個站得甚遠，甚至還沒來得及跳窗參戰的堂口老大，見閻冰竟點名自己，可全嚇得魂飛魄散——

闇冰這話相當已經明白了，他不會為難自家人。

前提是你願意視他為自家人，且一家之主當然非他莫屬。

至於那些不想和闇冰當一家人的傢伙，之後……

應當就沒有「之後」了。

# 拾參

本來漆黑陰暗的廢棄精神病院建築，此時一片燈火通明。

停車場裡停放著大大小小的貨車，嘍囉們忙碌地卸貨，將從貨車卸下的研究儀器、藥物、貨品，以及稀奇古怪的邪獸和數十種陽世動物，一箱箱、一籠籠地分送置基地各處。

卓火秋站在頂樓，俯瞰中庭。

此時中庭空地那擂台繩圈中，分立著兩隻古怪凶獸。

一隻是猿身狗頭，一隻是六角怪牛。

那猿身狗頭的狗猿，比先前鴻爺養殖場裡的狗猿，還要壯碩高大許多，儘管駝著背，依舊超過兩公尺高，全身黑毛下的肌肉，可要比當今健美比賽冠軍還厚實數倍之多，猶如科幻電影裡的重甲機器人一般。

另一隻六角怪牛，不僅體態同樣壯碩異常，一張猩紅大嘴咧開，沒有牛齒，而是整排彷彿鯊魚般的三角利齒。

狗猿捏拳捶胸、仰頭發出狼嚎，六角怪牛的鼻子呼呼噴氣，後足反覆蹭地。

不等繩圈外的馴獸師下令，兩隻凶獸轉眼便廝殺起來，戰況迅速白熱化——六角怪牛一頭頂上狗猿的腹部，牛角深深扎進狗猿的腹腔，狗猿一雙大手死命掐著牛頭，雙手拇指深深按爛怪牛兩顆眼珠。

下一刻，狗猿拇指勾著怪牛眼眶，硬生生將怪牛的腦袋往後一扳，不顧尖銳牛角將自己的腹部扯開巨大裂口，腸胃流淌一地，硬是將怪牛扭摔在地，然後大動作騎上怪牛後背，張開狗嘴，狠狠咬住怪牛頸子，扭身一扯，從怪牛頸部咬下好大一塊肉。

腥臭紫血噴濺漫天。

狗猿再次低頭，想要再咬一口，嘴巴卻被尖銳的牛角貫穿——怪牛那六支牛角，彷如蛇一般彎繞生長，扎穿了狗猿嘴巴、咽喉和胸膛。

兩隻凶獸便這樣釘在一塊，掙扎半晌，雙雙死去。

卓火秋盯著底下中庭戰圈裡那兩具獸屍，看著邪獸研究小組開始收屍，不由得舐了舐乾裂的口唇，只覺得胸中熱血沸騰；他捏捏拳頭，像是迫不及待想隨便找個傢伙打上一架。

「酒來。」他揚起手，身後方禮白立時遞上一壺人藥血酒。

卓火秋接過血酒，張口痛飲下半壺，抹抹嘴，只覺得腹中像是有火在燒，剛嚥下肚的人藥血酒，立時轉化成魔力，潺潺流入他的四肢，讓他覺得自己更強大了。

他見掌心上有道豎直縫痕，一直延伸進袖口中，又摸摸頸子，頸上也有幾道縫痕——他感到有些困惑，自己的身子什麼時候出現縫痕了？

難道是那晚和闍冰單挑時受了傷？

不對，他記得當晚和闍冰過招，沒兩下就將闍冰壓在地上狠揍，當時他一拳接著一拳，將闍冰那張討人厭的臉搥得稀爛，自己可是毫髮無傷。

當時不僅站在自己這邊的十一個堂口堂主鼓掌歡呼，連闍冰帶來的那兩位觀戰友人，也對自己的力量大感折服，說以後大家就是一家人了。

當時那兩位觀戰友人，還稱要助自己取得天下。

他們是誰？

卓火秋拍了拍腦袋，怎麼也想不起闍冰那兩位觀戰友人的模樣——但無所謂，他擊敗了闍冰、收編了苦水堂，將苦水堂分布各地的煉獸據點，全遷進這處廢棄精神病院基地裡。

他閉上眼睛，幻想著自己率領邪獸大軍，攻破長老會，將賣老仙那群老不死生吞活剝，然後正式接管長老會，修改春花幫幫規、坐上幫主大位。

屆時整個陰間就屬他最大，掌握版圖甚至超越過往第六天魔王的勢力，即便是闍羅殿都要給他面子——不，應該是聽命於他。

「陰間歸我……」卓火秋呵呵笑了笑，將剩餘的半瓶人藥血酒喝盡，空瓶隨手一拋，反手又向方禮白討了一瓶酒，剛湊近嘴邊，突然呆了呆。「那天歸誰？地歸誰？」

他隱隱記得曾與閻冰那兩位觀戰友人討論將來取得天下之後，怎麼分天下，但此時的他，連那兩位友人的長相都想不起來。

為什麼？是因為最近人藥血酒喝得太凶嗎？

「秋哥。」方禮白出聲說：「馴獸師白雪要你……嗯，她有重要的事要向你報告，好像是『獸王』睜眼了……」

「獸王睜眼了！」卓火秋瞪大眼睛，興奮地領著方禮白和幾個嘍囉，急急趕往「獸王研究部」——獸王是他這支邪獸大軍的最後一塊拼圖，獸王睜眼之後，這支邪獸大軍差不多就等於成軍了。

他快速下樓，來到地下二樓，廊道盡頭的一扇大門打開，裡頭是額外闢建出來的混沌空間。

這混沌空間極其寬敞，有數層樓高，名義上是「兵營」，實際上卻像是巨大監牢。一道道鐵柵欄後頭，是一隻隻狗猿、六角怪牛，以及各式各樣的邪獸，都是由上方煉獸基地煉成的邪獸。

兵營最末端，聳立著一面超過三層樓高的巨大柵欄——這柵欄的每一根鋼柱都比電線桿還粗，鋼柱與鋼柱之間相距一公尺、纏繞著符籙麻繩，麻繩也有成人大腿那麼粗。

柵欄後方，伏著一頭巨大雄獅。

巨大雄獅光是一顆眼珠子，就有籃球那麼大，四足站挺時，肩高超過兩層樓，身長十餘公尺——比一輛遊覽車還要大上一號。

白雪扠手站在巨大柵欄前，默默盯著興奮走來的卓火秋。

卓火秋加快腳步，心中微微有些怒意，覺得這馴獸師見他進來，竟沒上來迎接，而是站著不動等他過去。

他又走了幾步，見白雪身材面貌姣好，立時決定要怎麼懲罰她了。

但是當他來到白雪面前，正要開口責怪她怎沒上前迎接自己時，和她銳利的雙眼對上，又瞥見她纏在腰際的皮鞭，不知怎地，心頭突然湧上幾分懼意，只得將本欲開口的話硬生生吞回肚子，有些結巴地問：「獸王……睜……睜眼了？」

「對。」白雪點點頭。

「所以……」卓火秋仰頭望著獸王，喃喃說：「這支……邪獸大軍……算是成軍了？」

「對。」白雪又點點頭。

「那我……可以準備向長老會開戰了？」

「這點你自己決定吧。」白雪呵呵笑說：「我還有事，我先走了。」她說完，立時轉身要走。

「喝——」卓火秋見白雪態度高傲，惱火地伸手要攔下她，但一對上白雪銳利雙眼，便又立時縮回手。

他不太明白即將稱霸陰間的自己，為何會畏懼手下這個馴獸師。

「還有事嗎？」白雪盯著卓火秋，見卓火秋連連搖頭，這才哼地一聲繼續往前通過另扇大門，進入一處巨大車庫，走過一輛輛貨櫃車，最後登上一艘造型新穎的冥船。

這冥船的長度比車庫內的大型貨櫃車略長些，寬度則約有兩輛貨櫃車並排那麼寬，內部分為上下兩層，上層分隔有兼具駕駛艙及會議室功能的戰略指揮室、白雪個人房間、酒吧、乘員休息室，下層則有武器庫、儲藏室、邪獸籠舍，以及擺放各種刑具的懲戒室。

倘若要載運大量邪獸，或是剛剛那頭巨大「獸王」，則可以在冥船後方加掛特製的拖曳車廂。

這便是白雪專屬的移動馴獸基地——白雪號。

白雪走進駕駛艙，對正副駕駛下令啟航，跟著來到船內酒吧，坐上吧台，令在酒吧內待命的歐陽沙發替她調了杯雞尾酒，然後取出手機，與分處兩地的招福和阿瑛開始視訊會議。

阿瑛站在高樓頂，張手揚向前方一棟旅館──那是一間寵物友善旅館，劉媽一家及八隻貓，此時都在裡頭。

近一個月來，劉媽一家每逢週末假日，就會全家帶著將軍和群貓出遊。

「白雪女王──」子彈的聲音響起，分割畫面上是一扇窗，窗內隱約可見房中幾隻貓兒或臥或站地分散在大床四周。

子彈佩戴著攝影裝置，飛近旅館劉媽一家的房間窗邊偷拍房內動靜。

白雪啜飲了一口酒，叮囑說：「你小心別被發現了。」

「白雪女王請放心！」子彈低聲說：「我非常小心，一次也沒有被發現。」

「很好。」白雪關閉子彈的分割畫面，切換至招福的視訊畫面。「盜虎團的人都到齊了嗎？」

招福點點頭，將視訊畫面切換至前鏡頭；他身處一間古怪酒吧裡，四周聚集著十數名裝扮迥異、有男有女的傢伙們，這些傢伙的腳邊都擺著行李箱或是大麻布袋子。

有些傢伙見招福拍他，便嚷嚷說：「白小姐，妳約我們談生意，結果大家都到了，唯獨少了妳……」

「別急，我馬上到。」白雪微笑說：「還有，我更喜歡你們叫我窮太太。」

她這麼說完，結束了視訊會議，默默開啟通訊軟體，再次複習她與窮多的對話紀錄，即便已經複習過千百次，但她每一次重看，仍然不時面露微笑。

窮多，便是那備受閻冰禮遇的天才煉獸師。

是白雪一見鍾情的那個男人。

她一遍又一遍反覆閱讀兩人的對話訊息，不知不覺已經喝完第三杯雞尾酒，正想要歐陽沙發替她調製第四杯時，酒吧內的擴音設備傳來了冥船駕駛的聲音。「白雪大人，我們到了。」

白雪點點頭，起身走出酒吧，來到白雪號艙門前，按開艙門，一躍而下。

一身銀白勁裝的白雪，彷如劃破夜空的流星，斜斜落下，在離地前一刻翻轉身子，安穩地落在那不起眼的地下酒吧入口前。

入口外沒有任何招牌，僅站著兩名像是圍事的壯漢惡鬼。

壯漢惡鬼一見白雪，立時站挺身子向她鞠躬。白雪通過入口，一路向下，來到地下酒吧。

聚在酒吧中的一票男女，立時起身恭迎，都向白雪點頭致意。

白雪來到吧台前，點了杯和冥船上一模一樣的雞尾酒。接過雞尾酒後，向眾人舉杯致意，一口飲盡，然後像是不願浪費唇舌寒暄般立時切入正題。「讓我看看大家帶了什麼好東西過來吧。」

「白雪姊，不，窮嫂、窮太太……」一個矮小猥瑣的傢伙提著一袋東西來到白雪面前，剛揭開他那大袋，立時被白雪打斷。

白雪笑著，臉上微微浮現紅暈，說：「各位還是照舊叫我名字好了，畢竟我還沒正式嫁他呢……」

白雪這半年老要人喊她窮太太，但若真有人這麼喊，她又會害臊。

「是是是，白雪姊。」猥瑣傢伙揭開他那大袋，從中取出幾只老舊獸夾，向白雪解釋這獸夾用法。

白雪一面聽，一面取出手機隨意滑動，像對這袋獸夾提不起興趣。

第二個來到白雪面前的傢伙，取出一張大網，吹噓五年前自己是如何靠著這張大網，成功逮到一隻貓乩。

第三個傢伙奉上一管針筒和幾枚雞蛋，聲稱虎爺最愛吃蛋，他這獨門配方的藥劑，能讓虎爺吃下蛋後，昏昏欲睡。

白雪一連聽完七、八個傢伙介紹自己帶來的獵虎利器，點了第二杯雞尾酒喝下一半，像是還沒等到中意的。

第九個傢伙是個古怪女人，捧著一個黏滑大袋來到白雪面前，大袋裡探出一張灰色蛙臉，兩隻外突眼睛青光閃爍。

白雪放下手機，望著那巨大灰蛙，說：「這就是妳說的『吞虎蛙』？」

「是。」女人點點頭。

酒吧裡大夥兒全伸長脖子，想瞧瞧那「吞虎蛙」廬山真面目——此時聚集在酒吧裡這批傢伙，全是各地盜虎團頭目或是重要成員，大夥兒都知道這幾個月裡，有支盜虎團靠著「吞虎蛙」，接二連三地捕獲貓乩。

女人滔滔不絕地向白雪說明起這吞虎蛙的奧妙，大夥兒這才知道，這吞虎蛙經過特別修煉，全身從裡到外都帶著遮天術力，被吞食下肚的貓乩，便無法再受虎爺降駕；且這吞虎獸的胃袋也經過精心設計，不會對被吞入胃袋裡的貓乩造成任何傷害，事後能夠毫髮無傷地將之吐出。

女人說到這裡，拍拍大袋，袋中那吞虎蛙呱地一聲，當真吐出一隻黑貓，那黑貓眼神銳利，頸上還繫著一塊符籙名牌，甫落地，立刻朝著眾人拱背哈氣起來。

「呃！」眾人呆了呆，望著那隻黑貓，說：「這是真貓乩？」

「是呀，哈哈。」女人哈哈一笑，但陡然一呆，驚覺自己搞砸了——

吞虎蛙裡外都有遮天術力，然而一旦將貓乩吐出蛙體外，便什麼也遮不住了。

只見黑貓兩眼金光綻放，背後揚起金黃色披風，有虎爺降駕了。酒吧裡的眾人如臨大敵，嚇得退開一大圈，就連白雪也倏地自吧台座位，蹦上半空，右手取下腰際皮鞭。

突然，一枚棒球大小的古怪果實拋向黑貓。

黑貓本能地揮爪去扒，小小的黑爪閃現虎掌，一爪將飛到面前的果實拍爆，登時被自果實內炸開的怪煙籠罩。

下一刻，煙霧散去，黑貓搖搖晃晃地伏地打滾起來，還發出一陣陣古怪而慵懶的呼嚕聲——不只是黑貓，就連黑貓身中的虎爺，也像是嚐著貓薄荷或是木天蓼的貓兒般失去了戰意，陶醉打滾磨蹭起來。

抱蛙女人趕緊上前，拍拍懷中袋裡的吞虎蛙。

吞虎蛙咕嚕一聲，再次將黑貓吞下肚去。

「這是……」白雪掛在酒吧天花板上，盯著底下黑貓的動作，驚喜說：「這就是『鬼蟲癭』？」

「是。」一個男人從暗處走出，得意洋洋地舉起手中布袋，從中取出一枚古怪果實，惹得酒吧眾人又是一陣驚呼。

蟲癭，是指被昆蟲注入毒素或是產卵寄生後，產生異變的植物果實；陽世有種「木天蓼小蜂」，會在木天蓼花苞內產卵，結出的蟲癭果，其能使貓咪興奮的物質含量，比一般木天蓼植株和果實高出許多。

不久之前，陰間有支盜虎團突發奇想，與一位專精煉蟲的術士合作，煉出一種特殊鬼蜂，進而產出這種能夠迷惑虎爺的「鬼蟲癭」。

酒吧裡的眾人本來都以為傳聞中的鬼蟲癭效力被嚴重誇大，但此時親眼目睹，這才不得不信這東西的效力。

男人來到抱蛙女人面前，將一枚鬼蟲癭向吞虎蛙遞去，說：「我們家的蟲癭，除了直接爆破之外，也能長效使用。」他這麼說時，輕輕一捏手中的鬼蟲癭，使果實上崩出一條細縫，滲出淡淡煙霧。

女人立時會意，拍拍袋中灰蛙，令吞虎蛙吐舌纏上鬼蟲癭，咕嚕吞下肚，這麼一來，吞虎蛙腹中那黑貓連同虎爺，便會長時間失去戰力。

男人將整袋鬼蟲癭，遞向返回座位的白雪，說：「我們的溫室剛建成，隨時可以量產鬼蟲癭，白雪姊若需要更多，儘管開口。」

「太好了，吞虎蛙和鬼蟲癭，簡直天生一對。」白雪欣喜地接過那袋鬼蟲癭，笑著對男人和女人說：「事成之後，除了事前說好的酬勞以外，我也會向冰爺大力推薦你們——」她說到這裡，望向在場的所有人。「以及所有助我一臂之力的各位，冰爺不會虧待每一個幫助苦水堂的兄弟姊妹。」

酒吧裡響起一陣歡呼。這幾日，白雪重金招募各地盜虎團成員，參與她的獵虎計畫，目標自然是之前錯過的將軍等七貓乩。

襲擊家瑋家那夜，白雪行動前便已傳訊給窮多，稱要送他一份大禮，結果一隻貓乩也沒逮著。事後窮多雖然沒說什麼，白雪卻為此耿耿於懷。她派出手下打探劉媽一家，知道劉媽家是遠近馳名的神明聚會所，不敢魯莽發動進攻，而是低調監視劉媽家動靜。

近兩週，卓火秋那煉獸基地大張旗鼓煉邪獸的消息傳遍整個陰間，白然也引起地府關切，數度向烈火堂發出警告，都沒得到正面回應後，這幾天已經開始集結陰差，準備聯合神明乩身發動攻堅。

子彈則偽裝成普通鳥類，趁著劉媽一家出遊時，湊近偷聽打探，得知將軍陽壽將盡，打算將攻堅煉獸基地，當作生涯最後一戰，替兩位將軍攜手合作超過二十年的歲月，劃上完美句點。

這個週末，劉媽一家帶著八隻貓出遊兩日，投宿在寵物友善旅館，預計明天早上退房後，前往鄰近山郊的土地公廟探望舊識廟公，然後返家。

屆時會有輛陰間專車在劉媽家門前等候，待劉媽一家抵達，便會接將軍等貓乩轉乘陰間專車，走陰間趕往煉獸基地，配合神明乩身與陰差發動攻堅。
白雪計畫在載著七貓乩的陰間專車，前往卓火秋煉獸基地的路途中，設下天羅地網，將七貓乩以及那賴在橘貓將軍身中的虎爺將軍一網打盡。
她剛剛見識到吞虎蛙和鬼蟲瘻的厲害，兩者甚至能夠搭配使用，猶如吃下定心丸般，對明日的劫虎行動胸有成竹。
「白雪姊。」某支盜虎團頭目鐵二，悄悄來到白雪身旁，說：「我手下剛剛替我弄來一批大枷鎖，我現在回去好好研究，做足準備，明日我會帶著大枷鎖幫妳逮虎，絕對不會讓妳失望。」
「沒錯，時間不早了，大家回去養精蓄銳，替明天劫虎行動，做最後準備。」白雪拍拍那頭目肩頭，舉杯向眾人乾杯。
大夥兒就地解散，一一向白雪道別，離開地下酒吧。
鐵二離開地下酒吧，隨口和眾人寒暄道別，未走大道，而是繞進小巷，左彎右拐半晌，來到一處安靜巷弄，這才取出手機、撥打電話。
打給姜洛熙。
「我是鐵二，有件事必須跟你說，苦水堂馴獸師白雪，明天打算半路劫劉家那批貓乩，他們找來許多經驗老道的獵虎團好手，我也是第一次見識到吞虎蛙跟鬼蟲瘻的厲害。你們最好做點準備，否則那批貓乩肯定逃不了——我告訴你這消息，算是報你的恩，從此兩不相欠。明天我不會幫他們劫虎，但也不會改行，以後我還是繼續吃這行飯，要是將來哪天落在你手上，我也認了。就這樣吧……」

鐵二說完，正要結束通話，卻聽見電話那端發出冷冷一笑。

是白雪的聲音。

白雪領著招福和一批嘍囉走入巷弄，鐵二轉身想逃，卻見身後歐陽沙發也帶著一批手下，截斷了退路。

「……」鐵二望著自白雪身後站出的兩個傢伙——小釘與小石，都是他的得力助手。

「聽說你向神明乩身通風報信，是為了報恩？」白雪冷冷說。

「是啊……」鐵二苦笑點頭，說：「姓姜的救過我，我還他人情，天經地義啊……」

一年多前，鐵二受烈火堂方禮白委託捕捉貓乩，對象正是將軍及六隻小貓，最終以失敗收場，途中還和方禮白起了衝突，被方禮白擄去嚴刑拷打，逼迫他吐出訂金。

當時鐵二的嘍囉，哭著找上姜洛熙求救。姜洛熙邀倪飛同行救人，途中還喊來了韓杰，三名太子爺乩身聯手殺進方禮白據點，成功救出鐵二。

那時鐵二奄奄一息，連開口道謝的力氣都沒有，便被手下嘍囉抬走。

事後他想起這件事，總覺得心裡卡了個疙瘩。他雖然幹著非法勾當，但也有一套屬於自己的處世標準，他不喜歡欠人，向來有恩當還、有仇必報。

因此當他收到苦水堂邀約，稱要招募厲害的盜虎團一同劫虎，且劫的正是將軍和一年前那隻六小貓時，便知道了結那顆哽在他心頭的疙瘩的時候到了。

他決定捨棄這次難得能替苦水堂立功的機會，來到地下酒吧看看情況，再向姜洛熙通風報信。

他望著小釘和小石，說：「姓姜的當時救的不只是我，還有你們，忘了嗎？」

「沒忘啊……」小釘和小石相視一眼，笑說：「可是鐵二哥，跟著你沒前途啊，我們得替自己打算……」小石點頭附和說：「對啊，鐵二哥，你剛剛也見到吞虎蛙跟鬼蟲瘻的厲害，現在陰間大家都在軍備競賽，你還是成天帶我們撿貓大便，貓大便不值錢了……」

鐵二先是苦笑，跟著沉默無語。

兩個苦水堂嘍囉上前來，押著鐵二走向白雪。

「你還向神明乩身透露了什麼？」白雪問。

「妳剛剛不是聽到了嗎？」鐵二無奈說：「電話裡是妳的聲音，妳要那兩個叛徒在我手機裡塞了竊聽符？」

「不是竊聽符，是改了你通訊錄裡的電話號碼。」白雪搖頭說：「剛剛接聽你電話的人，是我，不是那姓姜的中壇元帥乩身。」

鐵二呆了呆，笑說：「妳不早說，我就不用像個傻瓜自言自語了。」

「他倆是昨天趁你喝醉時，拿你的手機改了號碼，但在那之前，你和那乩身有沒有聯絡過？」

「妳自己慢慢猜吧。」

「……」白雪望著鐵二，冷笑說：「我問你什麼，你最好乖乖回答，而且要誠實，否則就真是傻瓜了——你知道冰爺派我幫窮哥馴獸之前，我在苦水堂裡是幹什麼的？」

「知道啊，陰間誰不知道……」鐵二望著白雪雙眼，笑說：「苦水堂懲戒組長，據說有一萬種用刑手段。」

「錯，是無數種。」白雪呵呵一笑，繼續說：「後來冰爺找到窮哥，窮哥發現我的馴獸天分，拜託冰爺把我調進他的部門幫他……」

「我對妳這堆廢話沒興趣。」

「等等你就會哭著求我多說點話，少動手了……」白雪這麼說時，她那艘「白雪號」，已經緩緩駛在巷弄上方。

白雪仰頭飛升上天，大批嘍囉押著鐵二跟在後頭，將鐵二押進白雪號下層懲戒室。嘍囉們七手八腳地將鐵二整個身子呈大字形銬上懲戒室牆面刑架。

幾分鐘後，歐陽沙發端著一只折疊小桌走進懲戒室，揭開小桌，放上零食和飲料，跟著在小桌旁伏臥下地，身體微微變形，讓自己更像一張椅子。

接著，白雪領著招福走進懲戒室，此時白雪一改先前的銀白服飾裝扮，換上了深色緊身衣，坐上歐陽沙發後背，端起一杯酒，輕啜一口。

招福身穿男僕裝，戴著項圈，站在白雪身後替她捏肩捶背。

「你想好要和我說什麼了嗎？」白雪放下酒杯，微笑地望著鐵二，一面側頭掃視掛在牆面上那五花八門的刑具。

「我突然想到一件事……」鐵二乾笑幾聲，說：「方禮白逼我還他訂金時，也在我身上搞過一堆花招，聽說他在烈火堂裡，也擅長刑求逼供，就不知道是他的花招厲害，還是妳的把戲厲害？」

白雪笑了笑，起身朝牆面一指，招福立刻上前取過一副古怪刑具，遞給白雪。

「你很快就知道了。」

# 拾肆

翌日上午十點，劉媽家那休旅車，抵達距離自家不遠的土地公廟前。

劉媽女兒開了車門，將軍一躍下車，來到廟前一堵白牆前，湊近牆角嗅了嗅，跟著伸爪在白牆上扒了扒，一動也不動地望著眼前白牆。

劉媽一家領著群貓下車，與出來迎接的老廟祝寒暄起來。

每隻貓頸上都戴著暗紅色的皮製新項圈，項圈上繫著一面刻有「招財進寶」的符籙銅牌。兩週前，劉媽一家旅行至某處景點時，一口氣向當地小販買下了八條項圈，替八隻貓一一戴上。

「唉呀，那個洞沒了？」劉媽女兒來到將軍身後，和將軍一同望著白牆一角。

「洞？什麼洞？」這老廟公比二十年前的老廟公年輕，他是二十年前那老廟公的兒子，如今也成了老廟公。

「本來這間廟的牆角有個洞。」劉媽女兒說：「將軍小時候，和媽媽被野狗追，躲進牆洞裡，他媽媽被野狗咬得不輕，死在洞裡，將軍每天在洞裡守著媽媽屍體，晚上才出來找東西吃。」

「好像是……」廟公想了想，點點頭。「對，我老爹以前對我說過這隻貓的故事……」廟公笑說：「幾年前颱風，把廟的窗戶吹爛了，後來有些信眾捐錢修廟，妳說的牆洞，應該是當時填起來的。」

他這麼說時，身子一抖，眼睛亮了亮，來到將軍身旁蹲下，伸手摸摸將軍的頭。

「唉喲，我還記得你當年好小一隻的樣子，一眨眼，要退休啦……」

這間廟的土地神，降駕在老廟公身中。二十多年前，便是這位土地神，附身在如今老廟公父親身中，替劉媽家那隻老三花貓和小橘貓將軍，親手辦的交接儀式。

「當年那頭大虎……」土地神附著老廟公，微微抬頭，仰望另一位將軍的挺立雄姿。「如今是猛虎了。」

「歲月真是不饒人吶。」劉媽苦笑了笑。「您這位新乩身，幾年前見他，剛出獄不久，一副不想接手父親破廟的樣子，現在看起來，稱職多了。」

「他父親生前，叫他接這間廟，他不答應，他父親下葬之後，還是每晚去他床前，對他說同樣的話，他不接不行。」老廟公笑呵呵地說：「還好他接了，將來進閻羅殿受審時，能抵不少年。」

將軍轉身，返回休旅車前，轉頭望著劉媽一家，像是催促他們上車般。

緬懷過去的時間結束了。

當寵物貓遊山玩水的假期也結束了。

現在在將軍眼中，只剩下最後一件事了。

劉媽一家向土地神道別，上車返家。

十餘分鐘的路程，車內寂靜無聲，直到駛近家門，只見離家門不遠處，停著一輛黑色廂型車。

「將軍，加油。」劉媽女兒拉開車門，對將軍說：「一定要贏。」

向來冷傲的將軍，難得回頭向劉媽女兒喵嗚一聲，似在回應她的加油，跟著一躍下車，領著六貓乩走向黑色廂型車。

「大家都要贏，貓媽媽等你們回家喔！」劉媽的兒子抱著白貓媽媽，向將軍和六貓乩揮手致意。

黑色廂型車的後門敞開，支援小組成員曹大力坐在裡頭，端著貓罐頭向群貓招手。將軍領著六貓乩一一躍進車內。後車廂門關上，廂型車緩緩前進、緩緩消失於陽世。

緩緩現形於陰間。

王小明駕著車——此時的他，穿著小歸旗下保全公司研發的厚重裝甲，頭上戴著特製頭盔，像是科幻電影裡的高科技戰士般。

曹大力擠進副駕駛座，揭開副駕駛座的手套箱，取出一疊紙紮片，拿出一片點火燒化，燒出一個同款式的頭盔，匆匆戴上，然後再燒化胸甲，穿得手忙腳亂。

「就叫你先穿好再出發嘛！」王小明見曹大力擠在副駕駛座上穿戴厚重裝甲，忍不住抱怨起來。

「熱嘛！」曹大力無奈說：「你不熱嗎？」

「當然熱啊，但沒辦法，總比魂飛魄散好。」王小明氣呼呼地罵：「去後面穿啦，幹嘛擠在前座穿裝甲……」

「我在後面穿上裝甲，就擠不回來前座了啦！」

「去死啦你！」

王小明和曹大力一面吵嘴，一面駕著廂型車駛上陰間高速公路，駛向卓火秋那座位於中部，由精神病院改裝的煉獸基地。

□

「主人、主人，黑車載著貓乩，開上高速公路了。」

白雪號懲戒室裡小桌上的手機，響起子彈的聲音。

站在鐵二面前的白雪，提著一副奇異刑具，轉身返回小桌前，拿起手機，說：「知道了。」她收起電話，向持續扮演沙發的歐陽沙發，以及像條狗般蹲在沙發旁的招福說：「去準備一下，要行動了。」

歐陽沙發和招福，立時起身奔出懲戒室，準備出戰。

跟著，白雪隨手扔下刑具，離開時，還看了鐵二一眼，嘴角露出一抹冷笑。

鐵二依舊被鎖在刑架上，經過漫漫長夜，此時他全身上下的皮肉沒有一吋完好之處，從頭到腳插著超過千枚長釘，遠看猶如一隻人形刺蝟。

一旁桌上，還擺著白雪從鐵二魂身中取出的各種臟器，每個臟器上，都貼著符籙。白雪稱讚鐵二是條硬漢，這麼硬的魂，就這麼虐死，太可惜了，她要將他和七隻貓乩、一隻虎爺，一併送給她的窮哥。

她說他的魂能煉成很棒的東西。

這些擺上桌的魂魄臟器，之後會一一修煉，煉成之後，再一一塞回他的身體裡，到時候會很痛，比剛剛摘下時更痛百倍，但非常有用，能讓他變成一隻極惡凶靈，然後再替他挑選一副邪獸肉體。

她問他喜歡什麼樣的野獸，是食肉的獅虎熊豹，還是食草的象羊牛馬，亦或是靈長類？

白雪興奮地說，她的窮哥目前正一心一意在研究靈長類邪獸。

窮哥如今絞盡腦汁，全力打造的終極目標，即便說出來，也沒人會相信。

就連天上神明、地下閻羅，都不會相信。

但是她相信，她心目中的窮哥無所不能，絕對能完成那個終極目標。

當白雪滔滔不絕地向鐵二描述她愛慕的窮哥有多麼厲害時，鐵二全身皮肉骨都萬分痛苦，心中卻隱隱感到有些奇怪——

白雪沒有放過他身上任何一吋部位，她不碰他的口與耳，是為了持續與他對話，但沒碰他的眼睛，又是為了什麼？

直到白雪離開，鐵二也想不透。

他盯著桌上各種臟器裡頭的其中一個，那是他的胃。

雖然白雪的手段比他想像中還要激烈，比方禮白更加變態百倍，但他撐到現在，足夠了。

足夠他報恩了——就在他這麼想的同時，白雪又走回懲戒室。

此時的白雪，又換回一身銀白裝束，手中還拋玩著一只奇異小物，來到鐵二面前，將那只小物，拿至鐵二一雙完好的眼睛前。

鐵二熬過一夜酷刑，期間沒有哀嚎過一聲，此時見了白雪托在手上的奇異小物，終於發出了絕望的呻吟，全身激烈顫抖起來。

白雪笑著取出手機，遞到鐵二面前。

螢幕上，是一對小姊妹，被塞在鐵籠裡，垂吊在一間陰暗牢房裡，底下是一群飢餓邪獸，不停努力蹦跳要咬那鐵籠，但邪獸身子鎖著沉重鐵球，跳不高，即便再努力跳，距離鐵籠還有十餘公分距離。

「五、四、三、二、一……」白雪微笑倒數，數到零時，鐵籠喀啦一聲，又往下垂了十公分。

邪獸們更加狂暴地吼叫蹦跳，小姊妹尖叫哭嚎得更大聲了。

「每個小時，籠子會降下十公分。」白雪對鐵二說：「再過一小時，那些餓了三天的『食鐵犬』，就能咬著鐵籠了，至於他們為什麼叫『食鐵犬』，你自己猜吧。」

白雪說完，托著那只奇異小物，按下小物上一枚按鈕，彈出一支半透明的懸空箭頭，懸空箭頭打了個轉，指向擺放臟器的小桌，發出激烈的嗶嗶聲。

白雪來到桌前，托著奇異小物掃過桌上臟器，而那懸空箭頭，自始至終都指向鐵二的胃袋。

白雪放下手機和奇異小物，戴上手套，一手拿起胃袋，一手取過手術刀，剖開胃袋，從中取出一枚手指大小的東西。

那是一只定位發信器。

至於奇異小物，則是能夠感應定位發信器訊號的追蹤儀器。

原來鐵二最初收到苦水堂邀請，向四位伙伴提出要報答姜洛熙時，小釘和小石激烈反對，稱如今長老會氣勢低迷、烈火堂連連吃鱉，若是能得到苦水堂賞識，可是千載難逢的機會。

但鐵二依舊堅持原來的想法。從那之後，鐵二注意到小釘和小石有時行蹤成謎，有時言談間神情總是流露一絲古怪。那晚他與他倆喝酒，假裝喝醉，瞇著眼睛瞥見小釘和小石拿起他手機動手腳，這才確定他倆當真出賣了自己。鐵二心中萬分悲痛，卻不動聲色；他知道小釘和小石若已將他的盤算告訴白雪，那麼白雪肯定不會放過他，他索性一不做二不休，繼續按照計畫行事，如期前往地下酒吧。

出發前，他吞下定位發信器，又將那奇異小物——追蹤器，交給小草和小莓，要她們估算時間，去找姜洛熙。

這只定位器，能夠穿透混沌，向陰間和陽世發出定位訊號。

屆時姜洛熙拿著追蹤器，就能找到白雪號。

雖然白雪施刑的手段比他想像中更加凶殘變態，但至少讓他知道，他那胃袋還有用，不會被扔出白雪號，因此咬緊牙關死撐至這一刻。

誰知，小草和小莓也被逮了，追蹤器也被搜出。

想想也是，他們五人朝夕相處多年，鐵二能察覺到小釘小石的異樣，小釘小石自然也能猜著小莓和小草絕對站在鐵二那邊；鐵二前腳剛走，兩人立刻對小姊妹下手，合情合理。

鐵二長長嘆口氣，萬念俱灰。

「嗯？」白雪捏著那只定位發信器，啪吱一聲捏碎，跟著來到鐵二面前，望著鐵二空洞無神的雙眼，搖頭說：「不行吶，硬漢，你得再堅強一點，這樣煉成的凶靈才能更凶，讓我想想怎麼繼續下去……算了，來不及了，等我帶回貓乩和虎爺，再繼續陪你玩。」

白雪說完，摘下手套走出懲戒室，還回頭瞧瞧留在桌上的手機，再瞧瞧鐵二，微微一笑。

鐵二像條死屍般，同樣盯著那支手機。

手機螢幕還亮著，持續發出小莓和小草的驚駭哭叫聲。

白雪來到白雪號艙門前，歐陽沙發和招福已經佇在艙門邊，見白雪走來，便按開艙門。

艙門外，是陰間高速公路上空，頭頂紅雲繞捲，風中飄著餘燼焦灰。

王小明駕駛的那輛廂型車，駛在高速公路上，一路南下。

前方路段，兩輛大貨車開始減速，那是兩隊盜虎團聯軍；後方也有兩輛大貨車開始加速，也是兩隊盜虎團聯軍。

四輛大貨車，載著數十名各路盜虎團聯軍成員，緩緩往王小明的廂型車靠近。更後方，還有一輛敞篷跑車加速逼近，敞篷車頂緩緩揭開，負責壓陣的阿瑛，自副駕駛座站起，認真監看前方情況。

「完美。」白雪見自己這陣仗全無破綻，不禁有些得意。她吹了聲口哨，身子往前一傾，流星般俯衝而下。

歐陽沙發和招福，也跟在白雪身後躍下。

同時，白雪號底部揭開，雄獅凶神飛撲出來，在空中張開大翼，倏地急衝直下，不偏不倚地落在白雪下方。

白雪也立時翻身，坐上凶神後背。

底下一聲尖啼，子彈疾飛而來，俐落地站到白雪揚起的手上，興奮報告：「白雪女王，一切順利，沒有分毫差錯，現在就等妳一聲令下。」

「好。」白雪微笑望著底下的黑色廂型車，說：「開始行動。」

# 拾伍

陰間，那座由廢棄精神病院改建的煉獸基地大門緊閉，每一扇窗戶內側都以鋼板封死，鋼板後頭貼滿邪術符籙加固；頂樓張開一座猶如金字塔狀的防禦結界。

三隊陰差帶著專門破壞結界的器械和符咒，分別於正門、後門和頂樓結界上空，施術破門。

韓杰站在陰差指揮車旁，扠手盯著前方那棟煉獸基地，不時瞧瞧手機裡有沒有新訊息。

一旁待命的陰差交頭接耳，聊著關於這煉獸基地的種種傳聞。有人說傳聞不久之前卓火秋曾與閻冰私下約鬥，還大張旗鼓招募幫手，但不論是烈火堂還是苦水堂，事後都沒有正式宣布那夜約鬥的結果，就像什麼事都沒發生過般。

有人信誓旦旦地說，那晚肯定是卓火秋贏了，因此奪下大批苦水堂的煉獸資源，這才有了這處煉獸基地；也有人說明明是閻冰贏了，因為當時被卓火秋找去助戰的十一名堂口老大，事後幾乎同時加入苦水堂經營的俱樂部，據說那間俱樂部的會員，全都是曾經與閻冰「不打不相識」的地方勢力頭目，當中許多人後來還成為苦水堂幹部——於是漸漸有人相信，那間俱樂部只是閻冰替那些敗給他的角頭老大打造的台階，讓角頭老大們可以體面地和閻冰稱兄道弟，再循序漸進地融入苦水堂，最後才摘下原有的堂口招牌。

韓杰對這些八卦傳聞一點也不感興趣，畢竟他能直接從姜洛熙、倪飛、陳亞衣那兒獲得第一手情報。

他心裡很清楚，眼前這煉獸基地，只是個障眼法。

是閻冰替卓火秋和陰差們安排的一場遊戲。

雖說是遊戲，但不玩也不行，畢竟現在的卓火秋，不僅力量足夠在陰間、陽世造成巨大破壞，且心智已經瀕臨失控邊緣。

他今日的任務，就是協助陰差「處理掉」卓火秋——這一年多來，他已處理過不少類似卓火秋這樣濫用人藥到逐漸失控的傢伙，而這些傢伙之中，至少有三分之一，是必須依靠太子爺降駕，才能收拾的棘手敵人。

現在的陰間，已經到了魔王像是下蛋一樣，隨時隨地都能冒出一隻的地步了。

天庭反制人藥的研究，雖然一直有所進展，但距離真正完成，還需要一段時間。

現在陰間有些人已經漸漸察覺到，有一批志同道合的傢伙，正默默推動某個雄心壯志的計畫。

這計畫成功與否的關鍵，就在於兩邊的研究進度。

倘若天庭反制人藥的研究搶先成功，陰間這人藥亂象將會畫下句點。

倘若那批「志同道合的傢伙」能在天庭反制人藥研究成功前，搶先取得巨大成果，那麼他們的計畫，極有可能成真。

他們計畫成功之時，就是天地逆轉之時。

屆時，人神鬼魔的分類標準，或許會與過去截然不同，誰是神、誰是魔，將由最後勝出的一方說了算。

韓杰知道那魘魔無晝，肯定是這群「志同道合的傢伙」中的一分子，而按照閻冰近期這些眼花撩亂的動作來看，或許也參與其中。

除了他倆，還有其他傢伙嗎？如果有的話，會是誰呢？

韓杰正胡思亂想時，突然聽見前方騷動起來——煉獸基地四樓的一扇落地窗，內側鋼板被揭下，窗後站著一個傢伙，正是卓火秋。卓火秋伸手往窗上一按，大落地窗登時爆裂炸碎。

卓火秋站在窗沿，朝著底下陰差大吼：「你們這些陰差為什麼大張旗鼓找我麻煩？」

「你在陰間搞這麼大棟房子煉邪獸，不找你麻煩找誰麻煩？」底下陰差高聲回應：

「你如果沒在裡面幹壞事，就快開門讓我們進去檢查！」

「你們哪間城隍府的？」卓火秋暴躁怒吼。「報上名來，我認識不少城隍啊！」

「你認識哪位城隍也沒用……」底下走出一名陰差指揮官之一，拿著擴音器朝卓火秋喊：「這次行動是閻羅殿親自下令，召集三十多間城隍府、幾百個陰差一起來抓你，天庭也派下神明乩身參與這次行動，你還是快投降吧！」

「我卓火秋到底做了什麼，讓你們這樣聯手搞我？」卓火秋不服氣地罵：「我們在底下搶地盤，打打殺殺，又礙到誰了？閻冰、寶老仙，他們不也打打殺殺？我就算煉獸，也不干地府的事！地府什麼時候開始管這些事了？」

「你在陽世開一堆邪獸養殖場，放任牠們四處傷人，怎麼不干地府的事了？否則天庭又怎麼會派神明乩身下來對付你？」

「什麼？」卓火秋聽底下陰差指揮官這麼說，一下子反應不過來，轉頭問身後的方禮白。「我們在陽世開邪獸養殖場？」

「是。」方禮白點點頭，低聲說：「苦水堂閻冰派人上來搗蛋、破壞我們的場子，走失了幾批邪獸。」

「是嗎？」卓火秋愣然望著方禮白，對他述說的情形似乎有點印象，卻又想不起前因始末，喃喃問：「然後呢？」

「然後。」方禮白說：「秋哥你向閻冰發出戰帖，邀他單挑。」

「對……」卓火秋瞪大眼睛，確實有這麼一回事，但又有些茫然地問：「是我贏了對吧。」

「對。」方禮白微笑說：「秋哥你打敗閻冰，接收他全部地盤，現在整個陰間就屬你勢力最大，連閻羅殿都要給你三分面子。」

「閻羅殿也給我面子？」卓火秋反手指向底下陰差：「那又怎麼會派他們來找我麻煩？」

「這是因為——」方禮白說：「不甘心輸給秋哥你的閻冰，聯手竇老仙，向閻羅殿裡那些舊識搬救兵，想要趁我們烈火堂兄弟分散各地時，用最快的速度攻破我們的煉獸基地，來逮秋哥你。」方禮白說到這裡，來到卓火秋身旁，指了指底下的陰差，說：「底下那些牛頭馬面，許多都是閻冰和竇老仙的人，戴著牛馬面具假扮陰差，實際上多數城隍，都效忠烈火堂了。」

「對嘛，我也記得是這樣……」卓火秋聽方禮白說到這裡，只覺得確實就是這樣沒錯，他拍拍腦袋，抱怨說：「怎麼我最近什麼事都想不起來了？」

「這是正常現象。」方禮白解釋：「秋哥你打贏閻冰之後，帶著兄弟們喝了三天三夜的人血藥酒，可能有些副作用，但秋哥你別擔心，醫生說這只是暫時現象，過幾天就會恢復正常了。」他說到這裡，又說：「秋哥你現在的力量，比打贏閻冰那時，起碼強上十倍，全都拜人藥所賜，會有點副作用，在所難免……」

「是啊……」卓火秋望望自己的手掌，緩緩握緊拳頭，果然感到全身蘊藏著強悍至極的魔力，是他過去從未體驗過的力量，確實是足以讓他在陰間稱王的力量。

就在他飄飄然之際，又聽見底下陰差喊話，催促他快點開門投降，於是哼地深深吸了口氣，鼓動全身魔氣，朝底下長聲大喝。

「嘩——」底下陰差們被卓火秋這股剽悍魔氣，嚇得退開老遠，都以為卓火秋要衝出大開殺戒了，卻見聽卓火秋哈哈大笑起來。

「你們這群笨蛋，以為騙得了我！該投降的是你們吧，通通給我跪下磕頭，老子可以既往不咎，否則——」卓火秋高聲喊：「之後等我先一統陰間，再拿下人界，最後打進南天門，到時候——」

方禮白站在後頭探長脖子對卓火秋低聲耳語，他說一句，卓火秋就照著嘶吼一句：「天歸我、地歸我、陰間也歸我！十殿閻王由我任命、大輪迴盤由我掌管、陽世凡人當我食物和奴隸、天庭諸神全做我手下、當我的狗！整個三界，只有一個王，就是我，卓火秋！」

卓火秋拔聲吼完，見底下寂靜一片，只當他們被自己的這身氣勢震懾住了，但突然感到古怪，轉頭問方禮白：「剛剛是你在我耳邊說話？」

「不。」方禮白搖搖頭，說：「秋哥剛剛這番話，全是你的雄心壯志啊，兄弟們都相信在不久的將來，秋哥能帶領我們這票兄弟們稱霸三界。」

「是啊，沒錯，好兄弟……哈哈哈！」卓火秋興奮大笑，伸手在方禮白的肩上拍了拍。

倏——

一枚火箭彈筆直竄向卓火秋。

卓火秋反手一掌將火箭彈劈爆，隨手掀起的魔氣，瞬間將爆炸的焰火和煙霧捲飛老遠。

「幹！這卓火秋，有夠秋！」

張曉武和顏芯愛，以及眾多陰差，在車隊旁待命，聽完卓火秋這番誇張豪言，不禁愕然，氣呼呼地回頭朝著韓杰嚷嚷：「韓吉，快給我上啊，去挫挫卓火秋銳氣，聽他講話我受不了！」

「你怎麼不上？」韓杰冷回一句。

「我們這隊還沒接到命令，怎麼上？」

「我也沒接到命令啊……」

「太子爺還沒給你命令？」

「太子爺對另一邊的情況比較感興趣。」

「另一邊？另一邊是哪一邊？」

「機密行動，無可奉告。」韓杰不再理會張曉武，將視線放回手機——王書語傳來幾張女孩新衣照，要他看看哪件適合女兒。

「太子爺乩身……」陰差指揮官堆著笑臉來到韓杰面前，說：「那烈火堂堂主服食的人藥太厲害了……你如不出手打破僵局，由我們強行攻堅，傷亡可能會十分慘重……」

「好吧，我上。」韓杰收起手機，拍拍指揮官胳臂，對他說：「你們跟我說話不用這麼客氣，這樣我很不習慣。」

這兩年陰間人藥肆虐，厲害的傢伙接二連三地冒出來，今天剷掉兩個，明天又蹦出三個。重點是過去那些魔王通常沉著穩重得多，懂得和地府打交道、懂得等待時機、懂得收買人心，但現在這些狂吞人藥的傢伙，一個個比瘋狗還瘋。地府一來從他們身上撈不到好處，二來陰差的老舊裝備完全追不上這些瘋狗力量的增長，因此越來越依賴與神明乩身聯合行動，對太子爺乩身韓杰的態度，也與過去有天壤之別。

煉獸基地那頭，兩架武裝直升機朝著卓火秋射出第二枚火箭彈，然後是第三枚、第四枚、第五枚……

全被卓火秋隨意揮手擊炸。

他見武裝直升機射光了火箭彈，還被他揮臂掃出的魔風，搧得東倒西歪，不由得狂笑起來。「憑你們這些傢伙，也想跟老子我作對？我誰？我乃三界之王卓火……」

卓火秋還沒說完，韓杰踩著一條火龍，拔地竄到他面前，挺著火尖槍一槍刺進他那張大嘴——喀！卓火秋瞪眼咬住火尖槍。

下一刻，韓杰將藏在身中的另外八條火龍，一鼓作氣循著火尖槍柄，飛快爬竄進卓火秋口中。

「噗——」卓火秋全身魔氣噴發，將韓杰彈飛老遠，然後摀著嘴巴連連後退，只覺得肚腹不僅鼓脹難耐，且像是有團烈火急速升溫。他嘶吼著出力抵抗腹中八條火龍，此時他體內的魔力其實已經遠超韓杰尪仔標火龍，但他從那夜與閻冰一戰至今，才聽方禮白說自己的力量增強了十倍，心中對此卻毫無記憶，且一時也不懂如何運用這十倍力量，心裡一急，腦袋更不清楚，左顧右盼，驚覺連方禮白也不知跑去哪兒了。

他見遠處韓杰踩著火龍又要殺來，腦袋瞬間閃過中壇元帥大名，似乎已經忘記幾分鐘前才自稱是三界之王，一下子不明白為何中壇元帥乩身也來找他麻煩。

他撫著胸口轉身往樓下逃，身後傳來陰差開始攻堅破門的巨大聲響，四周嘍囉們個個面目猙獰，抄著傢伙一副要和攻堅陰差拚命的模樣，但不知怎地，卓火秋只覺得這些嘍囉之中，還混雜著許多他不認識的陌生傢伙。

鈴鈴——鈴鈴——他手機響起，那鈴聲聽在他耳裡，不知為何極具威嚴，嚇得他連忙接聽，急問：「喂！你誰？」

「你不認得我了？」電話那頭的聲音聽來頗為悠哉，和此時煉獸基地裡的躁動截然不同。

一個嘍囉雙眼血紅，持著刀械衝過卓火秋身邊，撞著他的肩，卻沒停下腳步便衝遠了。卓火秋又驚又怒，正要回頭教訓那不長眼的嘍囉，一聽到電話那頭的說話聲，連忙恭敬接聽：「主人！你對我說話？」

「是啊，我不對你說話，對誰說話呢？」

「……」卓火秋呆愣在原地，舉著電話問：「你是誰？我為什麼叫你主人？」

「你是我的狗，你當然得叫我主人啦。」

「我是……」卓火秋茫然問：「你的狗？」

「你看看脖子上是不是戴著項圈，項圈上還有塊名牌？」

「……」卓火秋伸手摸了摸頸子，當真戴著一條繫著小牌的項圈。他腦袋混亂一片，不明白為何直到現在才發現自己脖子上戴著一條項圈，他急忙奔走了半晌，終於在一間房裡，見到牆上掛著一面鏡子。

他來到鏡子前，摸著頸上那條項圈，果真見到項圈上繫著一面名牌，上頭寫著「火秋」二字。

剎時，他雙眼血紅一片。

一幕幕畫面浮現在他腦海裡，他通通想起來了——

他收到闇冰戰帖、端著酒杯心想耍詐也無妨、召集十一位堂口老大埋伏助戰、揮拳打向闇冰卻被闇冰輕易擊敗、遭到狠狠羞辱。

闇冰兩位友人之中，其中一位來到他面前，自稱魘魔無晝。

無晝告訴他，溫家術士一戰，呂安華之所以反敗為勝，是因為有魘魔一家撐腰。

跟著無晝伸手按著他的腦袋，往他眼耳口鼻不停灌入奇異魔力，於是他漸漸地將闇冰視為自己的主人，將自己視為一條忠犬。

後來的幾天裡，闇冰替項圈繫上鍊子，牽著他在這煉獸基地四處遛達，不停對身邊嘍囉比手畫腳下達命令，且借用他烈火堂堂主的名義，將留守其他據點的烈火堂堂眾一一召來。其中有些傢伙進了煉獸基地，看情勢竟演變成這樣，立時就投降了，但也有些不服苦水堂的，則會被集中管理，排隊接受魘魔一家的狐精術士們洗腦，成了這段時間在煉獸基地裡忙進忙出的煉獸員工。

且這些煉獸成員還不只烈火堂堂眾，有一半以上是閻冰這一、兩年的交惡對象，在魘魔一家術士洗腦下，也成了煉獸員工。

這些本來不服閻冰的各路人馬，彷彿同時收到了某種指令，一個個眼紅齒利，像是同時發瘋，吼叫著四處奔衝，全力和展開攻堅的陰差們大戰起來。

此時卓火秋腦袋裡五味雜陳，甚至超過五味。

他在短時間內從三界之王的狂想中驚醒，發現自己只是一條狗，且是死對頭閻冰的狗；他心中同時保留著忠犬對主人的敬愛，以及被死對頭嚴重羞辱而產生的憤恨和怨怒——極度的挫敗、羞恥、暴怒、悲憤、驚恐、絕望、忠誠、恨透自己竟然忠誠……

他一拳擊碎鏡子，涕淚縱橫地往樓下奔逃。

此時每層樓的窗戶都發出破碎聲；陰差持續破壞結界，有些窗戶已經被突破，牛頭馬面全副武裝殺入，立時遭到發瘋嘍囉們的死命抵抗。

卓火秋想起更多事——閻冰不打算解散烈火堂，而是讓方禮白接替自己擔任新任烈火堂堂主。因為烈火堂可是春花幫數一數二的大堂口，名下還有許多地盤，要是烈火堂突然解散，許多地盤或許會掀起不必要的糾紛。而閻冰的目標遠不只是壯大苦水堂，而是想一統春花幫，進而接管陰間，成為陰間之主。陰間歸他。

更多更多的畫面浮現卓火秋眼前，他有這些記憶，是因為閻冰在指揮工匠打造這煉獸基地時，毫不避諱地在他面前談論未來藍圖，而被魘魔無晝洗腦成狗的他，便乖乖蹲在閻冰身旁淌著舌頭喘氣。

閻冰有時會將腳擱在他頭上；有時會將吃剩的食物扔進他鐵碗裡；有時會摟著他那十一個女朋友赤裸裸地在床上嬉鬧，還讓他端著水果盤或是各種奇怪道具，跪在床旁助興。

直到這煉獸基地即將造成，閻冰牽著他走進一間新設置的手術房，令他脫光衣服躺上手術台，並揚手向他介紹，稱手術台後那位負責替他動刀的傢伙，姓窮，是閻冰手下的首席煉獸師。

他光著屁股躺上手術台，一旁協助的魘魔術士對他施術，他便什麼也不記得了。

再睜開眼睛時，他便獲得了十倍的力量，以及一些錯亂的記憶，讓他誤以為自己戰勝閻冰、以為自己即將率領邪獸大軍征討寶老仙，先掃平陰間，再入主陽世，最後打上天庭，成為三界之王。

閻冰剛剛那通電話，像是故意將他從白日夢裡搖醒。

畢竟他倆是死對頭，閻冰所做的一切，都是在羞辱他，可不是真心將他當成愛犬。

卓火秋發現自己的雙手、頭臉都生出了黑毛，身體也微微變形——姓窮的傢伙替他做的那場手術，不僅讓他獲得十倍力量，似乎還想讓他真正地變成一條狗。

他茫然地奔進地下二樓那混沌邪獸「大營」，發現所有籠子全被揭開，大群邪獸四處亂竄、彼此鬥毆撕咬。但仔細一看，大部分邪獸都是些失敗品，或是等級較低的劣質品。

而那些成功的、厲害的邪獸，早已在陰差包圍煉獸基地之初，便被苦水堂的人馬帶入後方的巨型車庫，登上貨櫃車運走了。

唯獨那巨型柵欄庫房裡的獸王，依舊伏在裡頭，半閉著眼睛冷冷瞧著外頭的一切。

「火秋、火秋。」卓火秋依舊抓在手上的手機，再次響起閻冰的聲音。他立時恭敬接聽——閻冰喚醒他的記憶，但無晝刻印在他腦中對於閻冰的服從性並未隨之抹煞。這當然也是故意的，目的就是要讓卓火秋全心全意地服從一個他恨之入骨的傢伙。

「火秋。」閻冰對著淚流滿面的卓火秋說：「我讓獸王留下來陪你並肩作戰，太子爺喜歡有趣的東西，魘魔不想讓太子爺失望，我要你全力陪太子爺打一架。這是主人對你下達的最後一道命令，好好幹吧。」

閻冰說完，掛上電話。

巨大鐵欄轟隆隆地升起，獸王似乎察覺到自己已能離開這間庫房，喉間發出興奮的吼聲，緩緩挺身站起。

卓火秋鬆手落下手機，走向獸王，身後的廝殺聲愈漸響亮，一陣爆破聲由遠而近地逼來。

卓火秋來到獸王面前，伸手令巨大的獸王低下腦袋，嗅了嗅他的手。他認閻冰是主人，獸王也認他是主人。

他回頭，只見韓杰遠遠站在庫房門前，身上神力逼人，是太子爺降駕了。

「聽說——」太子爺的聲音自韓杰喉間響起，冷笑說：「有個好笑的傢伙打算一統陰間，然後踏平陽世，最後打進南天門，成為三界之王，是不是你啊？」

「不……我只是……一條狗……」卓火秋流淚躍起，落在獸王後背，指揮獸王緩緩踏出巨大庫房。「主人……要我陪你好好打一架……我聽主人的話……」

「嗯？」太子爺冷笑問韓杰：「這是人藥最新的副作用？會讓這些傢伙以為自己成了狗？」

「我覺得沒那麼簡單，這地方的傢伙，好像都被洗腦一樣……」韓杰說：「閻冰該不會和魘魔無晝聯手了吧。」

「我也這麼猜。」太子爺點點頭，說：「所以我特地請那狐狸山魅與兩個小子同行，免得他們吃虧了。」

「他們那陣容夠嚇人了，要吃虧很難吧。」

「吃不吃虧是其次，主要是我想看看那夢海安，是不是真如她自稱的那般厲害。要是不清楚她真實本領，往後若碰上緊急大事，如何替她安排任務？」

「也是。」

就在太子爺和韓杰隨口交談間，前方那卓火秋瞬間全身生滿濃密毛髮，口部突出，彷彿真成了條人形鬥犬。下一刻，他全身毛髮燃起奇異的五色烈火，且腳下那巨大獸王，一頭鬃毛也飄燃起相同的五色火，彷彿是替他量身定做的專屬坐騎般。獸王那烈火鬃毛裡還夾雜著一柄柄長短不一的五色火刀。卓火秋雙手握住兩把刀，倏地拔起，仰天長嘯，將腹中的八條火龍一口氣吐出，巨大的魔氣將火龍震成飛灰。

這頭的韓杰，身上火尖槍、混天綾、乾坤圈、風火輪，全都金光閃現，是太子爺拿出了正版貨。

# 拾陸

「哦，來了！」

王小明見前方兩輛貨車減速來到他面前，像是刻意阻擋他前進一般，立時握緊方向盤，顫抖地叮囑曹大力：「你別害怕，不會有事的……」

「你……你的聲音在抖耶……」曹大力好不容易穿戴上全套裝甲，累得癱在副駕駛座上喘氣，將手中最後一片紙紮片燒化，燒出一柄衝鋒槍，牢牢地抓在手上，槍口抖個不停。「你明明也很害怕。」

「我……我才不是害怕。」王小明嘴硬反駁。「我現在的顫抖……是興奮的顫抖……」

「屁啦。」

「真的。」

兩人廢話對答間，兩輛貨車一左一右地包抄上來，將王小明的廂型車夾在中線，前方兩輛貨車則跨線並排，擋在王小明那中線車道前方，將廂型車的前左右全堵死了。

四輛貨車一齊減速，逼得王小明不得不跟著減速，直到左右貨車車身完全貼上廂型車，發出喀啦啦的摩擦聲，最終五輛車完全停止。

下一刻，四輛貨車底，一齊洩出大量奇異泥漿，同時，貨車頂八扇特製天窗也被掀開，躍出一個個古怪傢伙，全往廂型車頂圍來。

他們便是昨晚地下酒吧裡那些盜虎團頭目和手下們。

其中一個粗壯傢伙，扛著一把電鋸躍上廂型車頂，二話不說就開始鋸車頂；又有幾個盜虎成員全副武裝來到廂型車後方，持著鐵撬開始破門。

正副駕駛座上，曹大力揭開手套箱，取出一疊符，一口氣全部燒化，在駕駛座位置張開一層又一層的防禦結界；王小明則是急忙拉動方向盤前一處特製拉桿，令整輛廂型車發出刺耳的鳴笛聲，且車燈還閃耀起刺眼強光，同時還有一道道符令煙火般地飛射上天，炸出一團團彩光，像是求救信號。

「他們傳符令向閻羅殿求救，大家動作快點——」盜虎團中的一名大漢，推開車後幾個嘍囉，舉起手中重斧，轟隆劈砸車門。

突然之間，廂型車後門轟隆地向外掀開，將那大漢彈飛老遠。

車廂內，橘貓將軍儘管消瘦異常，卻仍威風凜凜地站在車廂邊緣，背後披風展開、兩眼金光閃耀，他貓乩生涯的最後一趟任務，正式開始。

「虎爺要出來了，大家小心！」「這是頭猛虎！」「別讓他跳出來！」

盜虎團成員朝著廂型車敞開的後門，拋出各式各樣的獵虎道具，有一張張大網、稀奇古怪的煙霧彈、大大小小的獸夾、奇怪的小野獸。

「吼——」將軍貓爪連揮，一記記半透明的金光虎掌在空中一掌接著一掌，撕爛大網、揮散毒煙、扒落獸夾、搧飛小野獸……

陰間與陽世彷如鏡面，神明降駕至陰間，會從地面竄出，而非從天落下，剛剛四輛貨車洩下的怪泥，正是遮天泥，令天庭虎爺無法降駕在六貓乩身上，因此當前能夠出戰的貓乩，僅有那被虎爺將軍賴在身中不肯退駕的橘貓將軍。

其餘的六貓乩，全擠在將軍背後。經驗不足的他們，像是在困惑為何天庭虎爺未像以往那般上身伏魔，為何只讓大前輩孤軍奮戰。

但他們怕歸怕，依舊鼓足勇氣探出頭，朝著車外哈氣威嚇，替橘貓將軍助陣。

轟隆隆隆——車頂被鋸開一條長縫，幾支鐵撬伸入縫中，向上一扳，扳出一個大口。

幾顆奇形怪狀的黝黑果實從那開口拋進車廂，磅地炸開。

車廂內頓時充滿濃濃煙霧。

王小明和曹大力，抱著槍縮在座位上，大氣也不敢喘一聲。

不知過了多久，煙霧漸漸散去，七隻貓全擺出了慵懶姿勢，咪咪嗚嗚地扭動摩挲，像是從一群戰士搖身變成一群嗑藥喝茫的暈醉貓咪。

堵在廂型車後方的盜虎團成員紛紛讓開，讓道給兩個合力提著一只大袋的傢伙走來，兩個傢伙奮力將大袋一抖，往車廂裡拋入七隻灰色大蛙。

呱呱、呱呱、呱呱呱——七隻大蛙先後張嘴，將七隻貓乩，連同橘貓將軍體內的虎爺將軍，一齊吞進肚子裡，然後乖乖按照盜虎團成員的指揮，列隊躍回大袋裡。

幾個盜虎團成員七手八腳綁緊大袋，恭恭敬敬奉給騎著凶神，從天而降的白雪。

白雪見廂型車駕駛座位的結界雖被砸壞了幾層，但還有十來層，又見遠空已經飛來幾架閻羅殿的武裝直升機，便不想再與王小明和曹大力糾纏，令盜虎團成員將裝著七隻吞虎蛙的大袋，繫上凶神鞍座掛勾，又點名幾個盜虎團成員隨行，和招福、歐陽沙發與阿瑛，一齊返回白雪號。

其餘盜虎團成員，則急急回到貨車裡，重新發動引擎，加速駛遠，然後隱沒消失。四輛貨車都是冥船。

「他們走了？」

「好像走了……」

王小明和曹大力睜開眼睛，見天上的白雪號和四輛貨車已不見蹤影，這才鬆了口氣。王小明取出手機，撥給姜洛熙。

「他們把將軍抓走了。」

□

距離剛剛攔車地點數公里遠的山邊，姜洛熙淡淡回頭。「整個過程，小年哥都看得一清二楚，我們正要出發。」

「我知道。」

姜洛熙說完，掛上電話，向身旁眾人點點頭，大夥兒立時擠回一輛消光黑色貨車車廂內。這貨車車頭前的保險桿粗壯彎曲，猶如巨牛犄角，車後排氣管碩大嚇人，彷如戰鬥機的噴射引擎一般。

這是小歸集團旗下的重型武裝車輛「衝鋒號」，不僅擁有最先進的冥船引擎，還裝設著強大火力。

貨車車廂內除了姜洛熙外，還有倪飛、陳亞衣、林君育，以及被太子爺臨時喊來幫忙的夢海安和溫曼儀。

本來溫曼儀不需要來。

但被調去保護溫家大宅的土地神老獼猴和一眾山魅們，目前還沒有正式到任，而溫曼儀身為煉鬼器皿這件事，已在陰間傳得沸沸揚揚，與眾乩身共同參與這次行動，似乎比獨自留在家中更安全些。另一方面，夢海安魂魄傷勢尚未痊癒，附在溫曼儀身中行動，也比獨自遠行保險得多。且夢海安覺得溫曼儀遲早會面臨更加凶險百倍的情況，趁這機會和眾乩身同行，盡早與大家混熟，並沒有壞處。

既然夢海安樂意，溫曼儀當然也欣然接受——至於這「欣然接受」，實際上有無受到夢海安偷心效力影響、影響程度如何？只有夢海安自己知道了。

溫曼儀先前上車之初，便客套地和眾人自我介紹。

溫曼儀自我介紹完，便輪到夢海安自我介紹。夢海安直接透過溫曼儀的身子開口說話，聲音是夢海安自己的聲音——她的聲音比溫曼儀略微成熟低沉。

兩人妳一言我一語地說話，有時還會互相對話。眾人對她倆這樣子說話，倒也不覺得奇怪，畢竟一車子乩身，大夥兒被神明降駕時，都是這副模樣。

駕駛座上，馬大岳發動了冥船引擎，衝鋒號瞬間隱沒於陰間；一旁廖小年托著一台平板，螢幕上像是地圖，地圖正中央有一個白色圓圈，那是當前衝鋒號位置，而角落那堆緊密重疊在一塊兒的閃爍紅點，則是眾人當前的追緝目標——

白雪號。

鐵二的追蹤器計畫失敗了。

但白雪號裡還有其他追蹤器——是七貓乩脖子上那七條新項圈。項圈裡藏著天庭特製的追蹤器，販賣項圈的小販是當地土地神乩身喬裝，劉媽是在收到神明指示之後，才特地買下七條項圈，替貓乩們戴上。

白雪初次劫虎失敗後，姜洛熙始終覺得她不會這麼輕易放棄，在群組裡提醒陳亞衣得留意劉媽家四周動靜。陳亞衣於是派出馬大岳和廖小年遠遠跟隨劉媽一家。馬廖兩人是千里眼和順風耳乩身，他們的「遠遠跟隨」，是真的很遠，遠在子彈完全不可能發現的地方，暗中看守劉媽一家。

那晚與子彈交手過的鳳仔，說白雪養了隻假扮老鷹的啄木鳥，講話聲音尖銳難聽、性格邪惡卑劣——馬大岳在跟隨劉媽一家的過程中，確實時常聽見那尖銳難聽的說話聲，開口閉口都是「美麗的白雪女王」、「最敬愛的女王，子彈有消息要向妳報告」之類的話語，讓他們毫不費力便鎖定了目標。

每當馬大岳聽見子彈說話，便會指出聲音來源，再讓廖小年花點時間遠望，就能瞧見子彈的行蹤。子彈向白雪報告時，習慣在空中盤旋，報告完便會飛去不遠處的阿瑛那兒，向阿瑛討要零食吃。

由於子彈話多，因此馬大岳也能聽見他與阿瑛之間的對話。

「阿瑛、阿瑛，不是說白雪女王邀請的那些盜虎團中，有人帶著厲害的鬼蟲瘦嗎？

我發現他們旅館廁所窗戶沒關緊，那些貓兒直接跨在馬桶上拉屎，妳快向盜虎團要幾顆鬼蟲瘻，讓我直接扔進窗戶裡，不就手到擒來了嘛？」

「沒那麼簡單。」

「那吞虎蛙呢？頂多再塞幾隻吞虎蛙進去。」

「就說沒那麼簡單了，他們一家和天庭關係要好，要是直接在陽世向神明聚會所的主人家下手，事情會鬧太大，白雪姊只是想弄點禮物送窮哥，並不想替冰爺惹麻煩，真要在陽世動手，也該由冰爺規劃決定，我們怎麼能自作主張呢？」

「原來如此，還是阿瑛思慮周到。」

陰間出現專門針對虎爺的鬼蟲瘻、吞虎蛙等古怪玩意兒，天庭其實早就聽說，且有專責部門研究反制方法。當馬大岳截聽到白雪找盜虎團合作的消息後，天庭也在最快的時間內做出反應，令工匠連夜打造一批貓項圈，由土地神乩身喬裝的地攤小販賣給劉媽，替貓乩們戴上。

除此之外，白雪這次的劫虎計畫內容，也被子彈外流了五成以上，加上眾人討論推敲、拼拼湊湊地也差不多猜著了七、八成——這也是姜洛熙等人，並未直接埋伏攔截白雪一行人的緣故，他們知道白雪想將貓乩們毫髮無傷地送給窮哥當禮物，因此將原本「阻止白雪劫虎」這個目標，調整成追蹤項圈位置，尾隨白雪號，進而找出那位「窮哥哥」——

苦水堂首席煉獸師。

和真正的煉獸基地。

而不是被調教成狗的卓火秋那僅耗費一個月打造出來的假基地。

衝鋒號的噸位雖遠不如白雪號，但其混沌引擎性能，以及車上各種偵測、反偵測等高科技裝置，比起白雪號可是有過之而無不及。廖小年一鎖定白雪號位置，衝鋒號立時急追直上。

同時，七條貓項圈回傳的訊號裡，除了當前位置之外，也包含了白雪號的混沌頻率。此時衝鋒號上配備的偵測儀器，正全速解析項圈回傳的混沌頻率，屆時衝鋒號只要將自身頻率，調整成與白雪號相同頻率，兩艘冥船便處於同一混沌空間，雙方不僅能看見彼此，還能隔空交火。

衝鋒號貨廂內的眾人，盯著廂壁上的一面螢幕，見白雪號此時急速往東北方向前進，一路飛越桃園市中心、龜山、新莊、台北市中心、汐止等地上空，最終停在基隆港上空。

# 拾柒

陰間的基隆港內停放著大大小小的貨輪，陰間某些大型船隻和建築物一樣，在陽世停放一段時間後，便會在陰間「生長成形」，因此陰間港口除了「自然長出來」的船隻以外，還有陰間住民自己造出的船。通常陰間自建的船，不會像「自然長出來」的船或建築物那樣遍布鏽斑，但許多用來幹不法勾當的船隻，都會刻意將船體「做舊」，讓該船外觀和港口四周的樓房與大型廢船融為一體，而不會顯得突兀。

此時處於混沌空間裡的白雪號，正下方的那艘碩大貨輪，便具有類似的偽裝設計，遠遠望去，整艘貨輪黑漆漆的，猶如一座孤城，船上貨櫃並未堆滿，僅堆至二分之一，且貨櫃堆放高度不一致，猶如城市高高低低的樓宇遠景一般。

「千足怪」——這是閻冰替這艘煉獸貨輪取的名字。閻冰答應窮多，等自己拿下春花幫幫主大位後，會新成立一個「百獸堂」，讓窮多當堂主，專責煉獸，屆時窮多還會獲得一個比這千足怪更龐大數十倍的煉獸巨城。

窮多倒是挺滿意這艘海上煉獸貨輪，規模巨大如大型工廠，卻能隨意航行、駛進混沌，甚至能潛入海裡，要躲避地府或是神明乩身的追緝，都十分容易。

儘管千足怪也和陰間許多幹著非法勾當的大船一樣，外觀上刻意做舊，但其實真正在陰間現身的次數寥寥無幾，且多半是在千足怪剛完工之初，需要將大量實驗設備、用品搬上船時，才會在陰間現形，其餘時間都藏身在混沌裡。

在距離千足怪艦橋前方不遠的貨櫃堆中，有片方形凹陷區域，像是刻意在貨櫃堆中，先從最上層取起幾個貨櫃，跟著取走第二層、第三層後，所形成的區域。

白雪號不偏不倚地降落在凹陷區域中，那是白雪號專屬的停機坪。

這貨輪上大部分貨櫃都經過改造，貨櫃內部造有能夠貫通上下四周的門戶和樓梯，與其說是貨櫃，更像是加蓋在甲板上方的船艙空間。

因此白雪號停機坪周邊的貨櫃，也有數扇門，能夠通往船艙各處。

白雪與幾名盜虎團成員，站在白雪號下層邪獸籠舍區一張桌前，替桌上八隻碩大灰蛙繫上精美的蝴蝶結——昨晚那盜虎團抱蛙女人向白雪展示吞虎蛙時露過面的黑貓，此時也在桌上其中一隻灰蛙的肚子裡，那是該盜虎團頭目做給白雪的人情，替白雪送給窮多的大禮錦上添花，一共是八隻貓乩、兩隻虎爺。

「好，最後一次。」白雪興奮地笑著，雙頰浮現紅暈，輕輕拍手，數了一二三——桌上的八隻蛙，見到盜虎團成員號令，輪流張嘴蛙鳴出不同音階，像是合唱團般叫出一段旋律；這是窮多每天工作結束，登上甲板望海沉思時常輕哼的曲子。

「完美。」白雪聽八蛙唱完整段曲子，滿意地拍手。「跟我去見窮哥吧。」她說完，立時轉身往艙門走。負責指揮灰蛙的盜虎團成員立時下令，八隻繫著蝴蝶結的灰蛙一齊轉身、一齊躍下桌，列成兩隊，乖乖隨著白雪等人往艙門走。

艙門打開，白雪踏上停機坪，抬頭只見一輛黑黝黝的貨車掠過頭頂。

轟隆撞進白雪號停機坪後方那高聳的艦橋。

「怎麼回事？」白雪愕然大驚，領著阿瑛、招福和歐陽沙發疾飛上天，只見艦橋指揮室外側破開一個大洞，那貨車——衝鋒號，歪歪斜斜地嵌進艦橋內側的儀器、桌椅堆中。

指揮室一片騷動。

整艘貨輪，響起奇異警笛聲。

白雪手機陡然響起，是窮多的專屬鈴聲，她急忙接聽，立時聽見窮多驚怒的質問聲：「白雪，妳帶了什麼東西上船？」

「是神明乩身？」阿瑛眼睛銳利，見到艦橋內有個人影持火尖槍、踩風火輪，來回穿梭。「太子爺乩身跟著我們上船了……」

「怎麼……可能？」白雪驚愕之餘，連忙安撫電話那端的窮多，說：「窮哥，你別擔心，我立刻把他們趕出去！」

「那是太子爺乩身，妳怎麼趕他們……」窮多像是強耐著怒氣，惱火說：「我得啟動斷尾計畫……」

「斷尾？這樣千足怪不就……窮哥你別衝動，我現在過去找你！」白雪急急尖叫，但窮多已經掛上通話。

「你們這些混蛋……怎麼老是來妨礙我？」白雪抽出腰間長鞭，高聲下令：「阿瑛，指揮飛天獸包圍艦橋，別讓他們出來亂跑。招福、沙發，帶陸獸守住艦橋樓梯，別讓他們進船艙。子彈，把凶神牽出來找我會合！」她說完，急急趕回白雪號外貨櫃一扇門前，向盜虎團招手大喊：「你們帶著虎爺跟我下去找窮哥。」

千足怪甲板上空，漸漸聚集一隻隻生著羽翼的飛天邪獸，軀幹有些像是猿猴、有些近似牛馬，有的猴臉生著鳥喙、有的狼頭頂著牛角，稀奇古怪的飛天邪獸，從陸續揭開的貨櫃小窗中飛上半空。

阿瑛飛騰至高空，取出一個奇異哨子，吹出尖銳的哨音，同時捏符揮臂，揮出一圈圈符光，指揮大批飛空邪獸往艦橋聚去、環繞成圈。

底下貨輪甲板上也竄出一隻隻四足爬行或是雙足站立的陸生邪獸，在招福和歐陽沙發帶領下，擁進艦橋一樓，一隊往上推進、一隊死守樓梯，不讓艦橋內的乩身們向下攻進船艙其他區域。

白雪領著盜虎團成員們，循著貨櫃內一條隱密通道飛奔繞轉好半晌，接連通過好幾扇需要白雪持感應卡才能打開的門，來到一處不起眼的房門前。

嗶——

白雪再次持感應卡開門。

門後，是一處空間寬敞、陰森晦暗、氣氛詭怪的實驗室，裡頭大大小小的囚籠堆積如山，囚籠上掛著顯示螢幕和凌亂管線，密密麻麻的管線，一邊連接在囚籠裡的實驗邪獸身上，另一邊則連接著囚籠外的冰冷儀器。

除了層層堆放的囚籠，還有幾張手術台，其中幾張還殘留著血跡和臟器。此時實驗室裡沒開大燈，千百種儀器設備上的指示燈光、數百面大小螢幕發出的光，以及某些囚籠上封印的符籙法陣所透出的光芒，將這血腥恐怖的邪獸實驗室，映照得綺麗而魔幻。

白雪領著盜虎團成員，來到偌大實驗室末端，揭開一扇門，進入一處辦公室。這辦公室裡有數十名研究員，正忙碌地將大量文件資料和電腦硬碟裝箱，按照重要等級，一部分送往船艙更下層，一部分送往實驗室外的鬼火爐銷毀。

窮多緊張兮兮地站在一張桌上，口沫橫飛地催促手下們動作快點——他一頭亂髮、披著沾滿髒污的實驗袍子、戴著粗框眼鏡，一張臉卻生得斯文俊俏。他見白雪一面喊他一面朝他奔來，立時躍下桌，瞪大眼睛質問白雪：「妳怎麼會將神明乩身帶上船？」

「我……」白雪委屈地說：「我只是想送你一份禮物，是幾隻貓乩……」

「貓乩？」窮多愕然，跟著見到白雪身後的盜虎團成員，領著八隻碩大灰蛙，來到他面前排列成隊。

那盜虎團成員雙手揚高，擺出樂隊指揮姿勢，但見白雪神情委屈，眼中還噙著淚水，心中也明白此時似乎不是下令灰蛙開口唱歌的時機。

「你不是時常說想見識吞虎蛙和鬼蟲瘻的效力嗎？」白雪抹抹眼淚說：「我把所有喊得出名字的盜虎團全找來了，一口氣替你抓了八隻貓乩、兩隻虎爺，想當作窮哥你的生日禮物……你生日不是快到了嗎？」

「虎爺？」窮多微微一驚。「妳說這八隻蛙裡那八隻貓乩，其中有兩隻身上還帶著虎爺？」

「是啊。」白雪見窮多提起興趣，也開心地說：「我知道你一直很想弄隻真虎爺來玩玩，我替你弄到了，還是『猛虎』級的。」白雪一面說，一面掰開一隻隻灰蛙嘴巴，認真往裡頭瞧，像是想找出將軍。

盜虎團成員抱起一隻灰蛙，拍拍灰蛙腦袋，咯咯呼喚兩聲，那灰蛙也咯咯應答，跟著反胃一嘔，嘔出將軍的上半身——將軍一身貓毛竟絲毫沒有沾濕，那灰蛙的口腔、咽喉和胃袋，全像是絨毛布般乾爽，就像是替貓乩精心打造的舒適貓窩般。

「哇！」窮多見將軍自灰蛙口中露出腦袋，嚇得往後一退。

「別怕。」另個盜虎團成員不等白雪下令，飛快取出一枚鬼蟲瘻，湊近半閉著眼睛的將軍口鼻前，啪答一聲，將鬼蟲瘻捏出一條裂縫，擠出一股煙霧籠罩將軍的口鼻。「前一顆鬼蟲瘻效力還有好幾小時呢，再加顆新的，哪怕是猛虎，也絕對不會咬人。」

「這就是……鬼蟲瘻？」窮多見將軍眼神迷濛，舌頭淌出口外，儼然一副酒醉嗑藥後的恍惚模樣，這才大著膽子走上前，伸手接過那顆鬼蟲瘻。

窮多的手纖細修長，中指、無名指和小指，分別戴著一枚刻有奇異符紋的黑色戒指。

他捏著鬼蟲瘻稍稍施力，令果實噴出更多煙霧，喃喃問：「這鬼蟲瘻真如傳聞中那麼厲害……連猛虎級虎爺都能迷倒？」

「是啊……」那研發鬼蟲瘻的盜虎團成員正要答腔，一旁指揮吞虎蛙的盜虎團成員立刻插嘴說：「我們的吞虎蛙也不簡單，這蛙原理呢……」

就在那盜虎團成員搶話的同時，僅從蛙口露出一顆頭的將軍，彷如大夢初醒般睜大眼睛，對著窮多右手虛咬了一口。

巨大半透明虎口，在窮多捏著鬼蟲瘻的右手現形，喀吱咬下。

窮多的右手從腕部撕裂、斷開。

整個過程僅一秒。

所有人都沒反應過來。

下一刻，窮多駭然後退，盯著自己那隻戴著三枚黑戒、捏著鬼蟲瘻的右手，自空中落下。

白雪和盜虎團成員們，像是感受到將軍體內透出的虎爺氣息般，嚇得彈開一大圈。

捧著裝有將軍灰蛙的盜虎團成員，嚇得一屁股坐倒在地，連同裝著將軍的灰蛙都落在地上。

「小心！」白雪尖叫地揪住窮多肩頭，將他撲倒在地——否則將軍落地後，揮爪搧來的那巨大虎爪，就要扒在窮多臉上了。

指揮吞虎蛙的盜虎團成員，正急急下令灰蛙把將軍重新吞回肚子裡，但將軍一雙前爪踩著灰蛙下顎，腦袋向上一頂，吼出一記雄渾虎嘯，嚇得一群鬼嘍囉們把捧在手上的資料全落了滿地。

灰蛙的嘴巴被撐裂，將軍蹬蹬腳、扭扭屁股，從灰蛙口中走出，還回頭拍了灰蛙腦袋一爪，將那灰蛙活活拍死。

將軍雙眼閃閃發光，背後揚起半透明的金黃披風，頸際項圈下那刻著「招財進寶」的小銅牌，此時變成一面金牌。

「怎麼回事？」白雪尖叫地拉著窮多，翻至更遠的一張辦公桌後急問：「鬼蟲瘻怎麼失效了？」

「失效？怎麼可能？」兩個研發鬼蟲瘻的盜虎團成員，急忙掏著隨身小袋，取出兩枚鬼蟲瘻，朝著將軍位置擲去，炸出兩團煙霧。

將軍自鬼蟲瘻煙霧中走出時，全身披上一套黃金戰甲，小戰盔上方有兩個孔，供耳朵伸出，口鼻處還覆著一面金紅色符籙口罩。

「你們不是還帶著幾隻吞虎蛙？快放出來啊！」盜虎團成員在兵荒馬亂下，朝著將軍拋來各式各樣的困虎道具，全被將軍揮爪打飛或者撕爛。

「窮哥，快……」白雪攙著窮多往辦公室後門退，見窮多直勾勾地盯著他那落在將軍身前的右手，便勸他說：「窮哥，魂身可以再造，這裡危險，我帶你去安全的地方。」

「不……不行！」窮多連連搖頭說：「我這些年的煉獸心得和資料，全記錄在那三枚戒指裡，要是被神明乩身拿到……」

「什麼……」白雪愣了愣，突然感到有股剽悍神力，已經來到辦公室外那寬闊詭異的實驗室裡，且正往辦公室逼近。

「窮哥，你先到底下等我，我替你拿回戒指，再過去與你會合。」她令幾名研究員帶著窮多從後門離去，自個兒取下腰際皮鞭，倏地一抖，朝眾盜虎團成員下令。「大家聽好了，誰制伏那虎爺，誰就是將來的『盜虎堂』堂主！」

十餘名盜虎團成員們聽白雪這麼說，一陣譁然，但沒有一個人敢上前抓捕將軍，只有一個膽大傢伙，掏出一支古怪針筒，躡手躡腳地繞至將軍後背，持著針筒想偷插將軍屁股，被將軍轉身一爪拍癟了腦袋。

其他盜虎團成員見狀，嚇得屁滾尿流。

「沒用的傢伙……」白雪哼地一聲，高高躍起，一鞭甩向將軍。

將軍揮動小爪，巨大虎爪在將軍面前閃現，一爪勾著打來的皮鞭，跟著猛一甩，將白雪整個人甩飛出去，橫踩在辦公室牆上。

白雪正要再次發動攻擊，卻見通往實驗室的那扇大門，轟隆炸開，走進一男一女，是林君育和陳亞衣，兩人身後，還跟著托著平板電腦的廖小年。

此時林君育渾身黑氣旋繞，雙臂外側隱約可見附著一雙粗壯漆黑的虎爪。

他沿路便用這雙大虎爪，代替白雪那門禁卡開門。

「那是神明乩身？神明降駕了？」盜虎團成員見林君育和陳亞衣闖入，更加嚇得六神無主。「不是說這海上大船，從鋼樑、板材，到裝潢、油漆，全施有遮天術嗎？為什麼神明能夠降駕？」

「哼——」林君育的喉間，響起黑爺的聲音。「俺在外頭就降駕了，俺是附著他身子進來的！」

「您……」一名盜虎團成員見林君育望向他，立刻嚇得渾身發抖，喃喃問：「您是天上哪位大神仙呀？」

「俺不是大神仙，俺是大神仙帳下第一猛將。」林君育兩眼發光，走路姿態有些奇異，喉間發出緩慢的猛獸喘息聲，轉頭望過在場所有盜虎團成員。「聽說你們在陰間，研究各式各樣的邪術和道具，花招百出，就是為了逮俺那些可愛的學生……」

「逮你……學生？」有的盜虎團成員尚聽不明白，也有些傢伙反應較快，嗅得林君育身上那股虎味，早嚇得退到辦公室角落，向還不明白的伙伴們連使眼色，低聲說：「那是天庭虎爺總教頭……」

「什麼？」

「是虎爺總教頭。」

「什麼教頭？」

林君育猛一轉頭，瞪向幾個正交頭接耳討論他是誰的盜虎團成員，怒吼：「俺是保生大帝帳下第一猛將，也是天庭虎園首席總教頭！黑爺是也——」黑爺吼完這段話，還接上一記震天響的虎吼，將整間辦公室，都吼得嗡嗡震動起來，有幾個盜虎團成員當場嚇暈倒地，有些倒地但沒暈的，也只好裝暈。

白雪在混亂中悄悄鑽入天花板上的通風管線，溜至隔壁詭異的實驗室裡，但她並未逃離，而是來到一處儀表板前，飛快操縱起來，還取出手機聯繫子彈。

「凶神帶來沒？」白雪低聲說：「快來跟我會合。」

「我帶出凶神了！」子彈說：「白雪女王妳在哪兒？」

「我在人藥實驗室。」白雪說：「有批神明乩身攻進來了，但他們身上沒有神仙，只帶著隻大虎爺……那是隻很厲害的大老虎，但還沒到無法對付的地步……」白雪剛說完，立時按下儀器上一枚紅色開關。

整間實驗室數百個囚籠，都喀啦啦震動起來，一扇扇籠門揭開，同時，那些密密麻麻的管線，則將一股股奇異泛光的液體，注入籠中邪獸體內。

邪獸們紛紛睜開眼睛，動了起來。

這處人藥實驗室裡的研究員，負責研究邪獸長期注入人藥後，會出現什麼變化，剛剛白雪在儀表板前那連番操作，將整個月的人藥劑量，一口氣注入所有邪獸體內。

她很清楚這麼做，會令這實驗室裡數百隻大小邪獸狂暴失控，甚至彼此廝殺相鬥。

即便像她這樣的馴獸專家，也無法讓一群暴動抓狂的邪獸乖乖聽話，但她並非要牠們聽話，而只是單純想要製造混亂，再趁機找回窮多的右手。

辦公室裡，林君育和陳亞衣等，也不急著對付那些早已失去戰意、縮在角落的盜虎團成員，而是先扳開那些沒有得到命令，就一動也不動的灰蛙們的嘴巴，將貓乩們一一抱出。

此時六貓乩身上同樣也穿戴著項圈銅牌化出的黃金戰甲，且神智清醒，唯獨那沒穿戰甲的黑貓，連同身中虎爺，依舊像是酒醉般地搖頭晃腦、癱軟無力、慵懶打滾，還喵嗚呀嗚地唱起歌來。

「你這笨小虎，給俺醒來……」林君育來到黑貓身旁蹲下，取出一支像是護唇膏的東西，往黑貓鼻前抹了抹；黑貓連同身中虎爺，這才如同大夢初醒般，喵嗚一聲站直身子。跟著，那虎爺驚覺蹲在他眼前的男人，身中那隻剽悍大傢伙竟是總教頭黑爺，可嚇傻了，連忙立正站好發出連串低吼，像是在解釋自己被灰蛙吞進肚子裡的過程。

「他拿那什麼東西……竟能化解鬼蟲癭的效力……」不遠處地板上兩個裝暈的盜虎團成員，瞇眼瞧見林君育那頭動靜，好奇地低語交談。

黑爺耳朵銳利，聽得一清二楚，立時揚起林君育手中那管像是護唇膏的東西，大聲說：「俺這不是『什麼東西』，這是俺主公親手調製出來的貓薄荷，專治你們那些鬼蟲瘻和幾十種貓虎迷藥！你們這些惡棍在底下敲鑼打鼓搞這些把戲，真當天庭瞎了聾了，一點也不會提防嗎？」

原來當眾貓乩們轉乘上王小明廂型車、曹大力在後車廂內接應貓乩們上車時，捧著的那幾個貓罐頭，便摻了這醒腦貓薄荷。

大道公還額外替這批貓薄荷，施下延遲生效的法術，目的是讓白雪與盜虎團們親眼見到貓乩們一隻隻慵懶倒地，讓他們確信真靠這鬼蟲瘻，迷倒了眾貓乩，外加橘貓將軍身中那猛虎將軍。

如此一來，白雪才會放心將這批貓乩帶來獻給她的窮哥哥。

當貓薄荷開始生效時，貓乩們已被吞虎蛙吞下肚，他們在漆黑的胃袋中睜開眼睛，但一點也不驚慌，因為先前陳亞衣等截聽到白雪的計畫之後，黑爺便屢屢降駕在貓媽身上，指揮眾貓乩演練應對之道。

這一隻隻灰蛙胃袋，可比演練時劉媽子女拿來包裹他們的外套、背心，要舒服得多。

不久之前，當衝鋒號調整頻率，進入與白雪號、千足怪相同的混沌空間時，林君育便先行跳車，讓那在陽世即已降駕在身中的黑爺，發揮貓科特長，安穩且輕巧地落地，再先後接下跳車的陳亞衣和廖小年。

三人循著貓項圈訊號，一路追蹤白雪經過實驗室，來到辦公室——林君育沿途揮著黑爺虎爪破壞門鎖，本該觸動警報，但因早幾分鐘前，衝鋒號直直撞進負責指揮整艘船航行的艦橋，船上警報早已提升至最高等級，而盜虎團成員與白雪在剛剛的騷動裡，更無暇在此起彼落的警報聲中，察覺四周響起了新的警報聲。

通往人藥實驗室的大門啪地開啟，幾罐人藥飛擲進辦公室裡，磅啷砸個稀爛，藥液四濺，將鄰近一個盜虎團成員濺得全身都是人藥。

那盜虎團成員尚不知道發生了什麼事，只聽見轟隆隆的腳步聲和嘶吼聲，彷如海嘯般地從人藥實驗室方向席捲進辦公室。

一個猿身狼首的傢伙，個頭超過兩公尺高，胳臂有電線桿般粗，狂奔速度極快，轉眼從陰暗的人藥實驗室，狂奔進辦公室，高高蹦起，不偏不倚就落在那被濺了滿身人藥的盜虎團成員身前，一雙粗壯猿手牢牢按住他雙肩，伸出舌頭舔舐他沾滿人藥的頭臉，跟著一口咬下他半顆腦袋。

「怎麼回事？」林君育、陳亞衣等急忙轉身迎向實驗室大門，只聽見擴音設備裡，傳出白雪的怒叱聲。「你們這些混蛋，只帶著一隻大老虎，也敢跟來壞我好事，我們整艘船都是用施過遮天術的鋼材建的，我叫你們今天插翅難飛！」

白雪話音剛落，大批被注射過量人藥的邪獸，吼叫著衝進了辦公室，這些邪獸體型有大有小、模樣各不相同，大多都像是由兩、三種陽世動物組合出來的縫合怪物。每隻邪獸的衝刺動作也完全不同，有爬有跑、有飛有跳，途中撞上盜虎團成員，便撲倒啃食，可把這些盜虎團成員們嚇得魂飛魄散。

「誰說我們只帶一隻大老虎來呀？」陳亞衣這麼說，舉起媽祖婆奏板；苗姑在她身旁現形，抖抖小紅袍，湊近陳亞衣，笑說：「我們這趟可是全副武裝呀！」

陳亞衣從露在小紅袍口袋外那三張不同顏色的符中，抽出一張黑符，按上奏板，施咒燒化。黑符上的金字閃閃發光，金光縈繞陳亞衣全身，她整張臉立時墨黑一片——陳亞衣與林君育不像太子爺乩身，領有尪仔標能隨時使用，必須在臨戰時向天借法，才能獲得神力加持。然而在陰間遮天法術飛速發展的同時，天庭也做了變通，得以在某些大規模行動前，事先向神明申請蘊藏神力的仙符，以便身處在混沌或是遮天術力的環境中，不會陷入只有赤手空拳能用的窘境。

林君育由於已請得黑爺事先降駕，因此沒拿到仙符——而且其實也不需要，大道公賜予他的幾種救災神力，儘管對鬼也有殺傷力，但純論打殺，自然不如黑爺一雙虎爪好用。

「是啊！」黑爺在林君育身中發出虎吼，彷如出戰號令般，八隻貓乩在他與陳亞衣身後一字排開，除了將軍與那身中藏著小虎的黑貓之外，阿壹等六貓乩，背上竟也揚開金黃披風——原來黑爺不僅事先降駕在林君育身中，還將上次那批大虎生力軍，也一併帶進林君育身中，就是為了這一刻。

「誰說只有俺一隻大老虎？咱們有一整隊的大老虎啊！」黑爺搶過林君育的口，發出了震耳欲聾的虎吼。「老虎們，俺要提前對你們考試啦，給我上——」

八隻貓乩，隨著黑爺一齊張口貓嘯虎吼，揮動小爪。

那如同海嘯般撲向林君育和陳亞衣的邪獸大軍們，登時被扒倒一片。

第二波邪獸海嘯，被陳亞衣抬腳跺地跺出的黑色震波震散。

第三波邪獸海嘯，被黑爺附著林君育扛起一張大辦公桌砸歪，黑爺揮著一雙虎臂，外加黝黑粗長的虎尾巴，躍進邪獸群裡，連連揮爪甩尾。

整間辦公室剎時成了血腥戰場，數百隻嗑藥邪獸和天庭虎爺總教頭率領的貓虎軍團激烈大戰起來。

亂戰之中，通風口倏地甩出一條皮鞭，彷如變色龍舌頭般，捲著地板上那隻窮多右手，飛快縮回通風口。

# 拾玖

「跳、跳……我叫你跳啊！」

煉獸基地裡，太子爺附在韓杰身上，騎在那頭被混天綾捆繞全身的獸王背上，一手拽著混天綾，一手持火尖槍拍打獸王屁股，埋怨說：「怎麼不跳？」

獸王全身燃著五色火，碩大獅嘴被混天綾緊緊勒著、卡著舌頭，張闔都不舒服，暴躁吐火卻怎麼也燒不斷那金光閃耀的混天綾。

韓杰全身被獸王身上的五色火焰包覆，卻似乎一點也不覺得熱，連汗都沒流。

另一端亂糟糟的囚籠堆裡，爬出一個傢伙——卓火秋。卓火秋同樣全身燃著五色火，手裡還持著一把從獸王鬃毛裡拔出的五色火刀，狼狽地瞪著韓杰和獸王——兩分鐘前，他被太子爺一腳踢下獸王後背，又捱了火尖槍柄一記橫掃，飛撞進獸籠堆裡，只覺得三魂七魄都被打得要分離了，掙扎半晌才爬出囚籠。倘若是以往的他，此時肯定跪地求饒，但現在的他服食了大量人藥，心智異常，心中對太子爺毫無懼意，只剩下滿滿的怒火。這也是人藥典型的副作用之一。

「為什麼你不怕我的火——」卓火秋狂吼一聲，將全身火力催至最大，朝韓杰狂奔衝去，高高一躍，雙手高舉五色火刀，對準韓杰的腦門劈下。

「你這是火啊？」太子爺附著韓杰舉手接住五色火刀，左右翻看說：「我還以為是你出招時的特效呢。」

卓火秋被太子爺抓著刀身舉在空中，卻也不肯棄刀逃開，而是鼓足全力，將五色火刀當成了噴火槍，對著韓杰噴發劇烈的五色火。「看我燒死你，哈哈哈！」但他這麼說時，隱約見到五色火裡的韓杰，嘴角露出不屑冷笑。卓火秋的腦袋裡陡然閃過一絲畫面，是那晚夜鬥時，閻冰隨口與場邊朋友的對話。

「有我們上次那聚會所的三溫暖舒服嗎？」

「上次那三溫暖舒服多了。卓火秋的火不夠熱，不過癮。」

閻冰後來似乎還說了什麼？

「誰說我不怕火，我只是不怕你的火。我們三個如果連你卓火秋的火都扛不住，之後怎麼扛天上那中壇元帥的三昧真火呢？」

卓火秋見到韓杰在五色火中一點也沒被燙著，還緩緩鼓起嘴巴，像是也想朝他吐火，不禁有些茫然，喃喃說：「為什麼你們……都不怕我的火？」

「嗯？」韓杰雙頰鼓至最大，太子爺像是已經準備要讓卓火秋見識一下自己的三昧真火，但聽卓火秋的那句喃喃自語，連忙又將三昧真火嚥了回去，好奇問：「你說

『你們』？除了本元帥之外，你還用這火燒過誰？」

韓杰見卓火秋呆愣愣地握著五色火刀，掛在空中自言自語，便說：「傳聞一個月前，他和苦水堂閻冰打了一架，之後便在這地方開了煉獸基地，苦水堂卻沒什麼動靜，本來很多人以為是卓火秋贏了，不過現在看來……」

「現在看來……」太子爺接著韓杰的話，將五色刀連同緊握刀柄不放的卓火秋拉至身前，伸指撥了撥卓火秋項圈上的那個名牌，盯著上頭的字，哼哼說：「我只聽過主人會替寵物在脖子上掛名牌，沒聽過三界之王在自己脖子上掛名牌的。」

「主人……主人……」卓火秋聽見「主人」二字，突然又激動起來，眼耳口鼻都溢出滾燙的五色熔岩，像是一邊不願接受閻冰成為自己主人的事實，同時又責怪自己有這種對主人不忠的念頭。

「你主人是閻冰？」韓杰問。

「不！不……是……是啊！」卓火秋狂吼，再次催動五色火燒烤韓杰。「閻冰是我主人，我是狗狗！乖狗狗！汪汪汪……不許你們提主人大名！」

「剛剛你說……」太子爺像是想認真問話了，他鼓動神力撲滅周圍的五色火，連帶將獸王身上的火也給滅了，一把揪著卓火秋頸子，將他按上獸王後背，讓他與自己同乘巨獅，說：「那個不怕你火的傢伙，就是閻冰？」

卓火秋終於被太子爺認真放出的神力震懾，心裡雖然抗拒，但渾身忍不住顫抖起來。「主人……主人的祕密，我不能告訴你……我是主人的狗……為什麼我要當他的狗？為什麼？」他心中依舊錯亂掙扎，幾句話裡有一半是在自我質疑。

「腦袋壞掉了，要問清楚可能得花點時間。」太子爺搖搖頭，閉口不語半晌。

「那邊還沒好？」韓杰問。

「是啊，好慢吶。」太子爺在卓火秋面前盤腿坐下。這獸王巨體背上，寬闊得足夠讓四個人擺張桌子打麻將。太子爺盯著卓火秋問：「陰間傳聞，閻冰與魘魔聯手，是不是真的？你說除了我以外，還有其他人也不怕你的火，是指閻冰，還是指魘魔無晝？」

「混蛋——」此時此刻的卓火秋，腦袋似乎已經不堪負荷，崩潰地撲向韓杰，再次被太子爺掐住脖子按在獅背上，依舊耍賴狂吼說：「你不准直呼我主人名字！也不准直呼主人兩位朋友名字！主人那兩位朋友，也算是我小主人，我不准你對兩位小主人不敬……」

「有兩位啊？」韓杰雙眼金光大盛。「若一個是魘魔無晝，那另一個又是誰？」

「他是……他是……」

卓火秋被太子爺掐頸按在獅背上，本已錯亂的腦袋，被太子爺的神力震得暈晃晃的，猶如身陷夢境般，腦海裡浮現一幕幕白髮少年在觀賞閻冰調教卓火秋時的身影。

「一個……少年，白頭髮……眼睛很利，像是能……切開人心。那小主人……本事很大，他說不定……說不定……」卓火秋直勾勾地說：「比閻冰主人和無晝小主人，還要……更厲害。」

「很好。」太子爺繼續問：「繼續說。」

「他說他……會超越摩羅大王。」卓火秋說：「他說他是……摩羅大王……留在陰間的，第九百九十九個孩子……」

□

「唔？」

招福盯著空無一人的船長辦公室，先是感到驚奇，跟著小心翼翼地率領邪獸四處搜刮，還認真聞嗅，最後來到置物櫃前，狐疑地揭開櫃門，發現裡頭只有衣服和一些雜物，並沒有姜洛熙等人。

事實上，姜洛熙、倪飛、馬大岳和溫曼儀這三男一女，也不可能同時躲進這小小的置物櫃裡。

十餘分鐘前，衝鋒號撞進艦橋，姜洛熙、倪飛、馬大岳、溫曼儀等分別下車，二話不說見鬼就打。亂打一陣後，倪飛朝眾人喊了一聲，領著眾人奔入艦橋指揮室裡的船長辦公室。

船長當時不在艦橋裡，辦公室裡空無一人，驚魂未定的指揮室組員退到樓梯口等候支援。直到招福領著邪獸，將艦橋指揮室擠得水洩不通，卻沒發現姜洛熙等人的蹤影，連船長辦公室也空無一人。

招福來到窗邊破口旁，向率領數百隻飛空邪獸在外待命的阿瑛報告情況，阿瑛也愕然不已——她在外面待命許久，並未見任何人出來。

□

白雪捧著以手帕包裹的窮多右手，用最快的速度在船艙內飛竄，最後抵達一處巨大空間。

裡頭停著一艘潛艦。

這艘潛艦，幾乎達整艘貨輪的三分之一長。

原來這艘海上煉獸工廠，外表是艘貨輪，船上的大量貨櫃，其實全是一間間隔間房舍，貨櫃群深處，甚至有多處打通相連的大型實驗室和辦公室，而船艙內部，則有一處類似兩棲登陸艦的船內塢，停著一艘潛艦。

甚至可以說，這艘潛艦，才是窮多真正的「研究本部」。

比起巨大貨輪裡幾處寬闊實驗室，這艘潛艦裡的實驗室小上許多，用來囚禁邪獸的籠舍也只有八座，但這間小實驗室及少少幾隻邪獸的樣本，才是窮多當前醉心其中、如火如荼進行的工作。

這潛艦以外的整艘貨輪——千足怪，更像是因為「研究本部」空間不足，向外擴建的工作空間，同時也兼具掩飾、護衛研究本部的功能。

窮多站在潛艦甲板登艦口旁，指揮手下將緊急搬來的研究資料和研究成果，一箱箱往潛艦裡頭送，這陰間潛艦雖然構造大致與陽世潛艦相同，但鬼淹不死，因此陰間潛艦也不太重視防水設計，這艙門造得比尋常陽世潛艦寬闊得多，能同時讓一群鬼研究員抱著大批資料進進出出，也不會堵著。

「窮哥！」白雪笑咪咪地來到窮多面前，奉上那隻右手。「我替你撿回手了……」

「……」窮多接過右手，隨手放在身旁研究員捧著的那資料箱子上，說：「這箱放我桌上。」

「窮哥……」白雪怯怯地問：「你真要啟動『斷尾』計畫？這艘千足怪可是冰爺

耗費鉅資替你打造的煉獸基地啊……」

窮多用左手摀著右手斷處，冷冷地說：「若不斷尾，讓那些乩身搜出更多重要情報，會讓冰爺損失更大。」

窮多說完，又吆喝幾聲，等最後幾名研究員將資料送進潛艦內，這才準備登艦。

「可是……」白雪還不死心，說：「我有信心能逮著那些傢伙，這艘船上四處都有遮天術，神明沒辦法下來……剛剛兩個乩身身上，就只有一隻大老虎……」她說到這裡，略微心虛地移開目光，低聲補充：「跟一些小老虎。」

「妳得為妳造成的後果負責。」窮多這麼說，扯下胸前項鍊——那是白雪親手做給他的項鍊。他用嘴咬住項鍊綴飾一端，啪答咬開小蓋，從中咬出一張捲成管狀的符。

「啊，窮哥，等等！」白雪見窮多從綴飾中取出符，急忙喊：「你先等我喊阿瑛他們過來……」

窮多望著白雪，低語唸咒，那管奇異的符咒燃起異色火焰，飄上空中，繞起火焰圈圈。

「白雪。」窮多見白雪取出手機，像是要通知阿瑛等過來會合，便伸手輕撫她的臉，說：「潛艦裡已經塞滿重要資料和研究成果，載不下多餘的東西了。」

「多餘的……」白雪望著窮多那雙俊美但冷酷的雙眼，隱隱明白他的意思。

「我剛剛說過了，妳得為自己造成的後果負責。」窮多輕輕撫摸白雪的臉蛋，跟著轉身走進潛艦。幾個研究員急急奔了出來，不知所措地站在甲板上，和白雪一齊望著緩緩關上的潛艦艙門。

這些研究員，以及白雪，都屬於無法一同登艦的「多餘的東西」。

白雪望著緩緩關上的艙門，眼淚落了下來，手機裡傳來阿瑛的呼喊聲：「白雪姊，妳找我？」

「對。」白雪舉起手機，說：「艦橋的情況如何？」

「他們不見了。」

「『不見了』是什麼意思？」

「人沒有出來、也沒有往下、也不在艦橋裡。」

「他們肯定還在船上，我要妳不管用什麼辦法，把他們找出來。」白雪冷冷地說：「對了，窮哥已經燒了『斷尾』符，等等不論死活，別讓那些傢伙離開，別讓他們將這裡的情報回報給天庭。」

就在此時，子彈領著凶神飛抵這船內塢，見白雪站在緩緩下潛的潛艦甲板上，驚訝地領著凶神趕去，怪叫怪嚷：「怎麼回事？窮哥呢？」

「什麼……」電話那端的阿瑛也急問：「白雪姊，窮哥燒『斷尾』符了？妳現在和窮哥在一起？」

「不，我留在千足怪上收拾善後，我要為這件事負責。」白雪抹去臉上的淚水，跨上凶神後背。「我現在過去與你們會合。」

# 貳拾

四人擠在一個狹小的電梯裡，仔細一看，這「電梯」不僅沒有任何指示燈，甚至連門都沒有，除了倪飛身旁那扇圓形小窗之外，便只是一個大箱子。

但這大箱子，確確實實是座電梯，這是倪飛帶著眾人進入船長辦公室置物櫃後，親手造出的混沌電梯。他反手按著梯廂壁面，閉眼專注凝神，另外在這混沌梯廂外側，造出一條筆直向下的電梯通道。

儘管倪飛這混沌電梯，是他在閒暇之餘設計出的「作品」，且在這次任務前，他已經自行演練建造過數次，堪稱熟練，但畢竟控制梯廂向下的纜繩與滑輪結構稍嫌複雜，因此大夥兒擠在梯廂裡默默等待了十餘分鐘，才感到電梯開始緩緩下降。

鳳仔也因此從姜洛熙口袋裡探出頭來，問倪飛為何不造條直梯，讓大家攀梯爬下即可。

羅漢則從倪飛口袋裡探頭出來，說這是因為倪飛花費很長的時間，才成功設計出這混沌電梯，這次行動姜洛熙和溫曼儀都在，不趁機表演一下，怎麼行。

鳳仔問，為什麼非得在姜洛熙和溫曼儀面前表演？

羅漢正要回答，就被倪飛將腦袋按回口袋裡，要他安靜，別打擾自己控制混沌電梯下降。羅漢再次探頭出來，像是不悅倪飛打斷他說話，但見到倪飛瞪他，便不敢再說。

鳳仔覺得奇怪，問羅漢什麼時候學會看倪飛臉色決定要不要說話了。倪飛只淡淡說羅漢懂事了——現在倪飛每週都會帶著天庭符藥，前往溫家大宅，檢視藏身在溫曼儀身中的夢海安近況。

倪飛大可自己完成這份工作。

但在羅漢苦苦哀求下，倪飛才帶他同行。

羅漢每次出發前，都會在倪飛家廁所的洗手台泡半小時澡，然後對著鏡子理毛一番，再從倪飛替他建造的蟲蟲牧場裡，挑出幾隻健壯幼蟲，裝進小紙盒內，帶給仙仙當伴手禮——仙仙擁有一座與衣櫃差不多大的巨大鳥籠，且時常會被溫曼儀接出鳥籠，在房間甚至整棟大宅裡遛達，吃的是最頂級的鸚鵡專用飼料，如此嬌貴的秋草鸚鵡，什麼樣的禮物才能打動她的芳心呢？

羅漢思來想去，似乎就是活蟲了——溫曼儀怕蟲，自然不會餵食仙仙活蟲，但她聽羅漢煞有其事地介紹過自己那座蟲蟲牧場裡，養的可是被稱為「完美昆蟲」的黑水虻。

羅漢說黑水虻不僅營養，且體內自帶抗菌肽，不受病菌污染，寵物吃下還能增加抵抗力。溫曼儀本來半信半疑，上網查了資料，確認羅漢沒有吹牛，這才同意讓羅漢將黑水虻幼蟲當作伴手禮送給仙仙。

自然，倪飛替羅漢打造「蟲蟲牧場」，外加每週帶他去見仙仙的條件，就是羅漢必須「懂事」點，尤其不能在外人面前羞辱他，讓他難看。

「所以你真的是為了在大家面前表演，才造電梯載我們嗎？」溫曼儀問。

倪飛睜開眼睛，有些不耐地說：「我們這次兵分二路，亞衣姊跟君育哥去救貓乩，我們則負責替整艘船打造一條穿透船底的混沌通道，妳知道這是為什麼嗎？」

「天線？」溫曼儀哦了一聲——溫家大宅那次大戰，倪飛便事先從大宅往外挖掘了數條通往外界的混沌通道，成功反制了呂安華一方的遮天術。

「現在我在船上挖洞。」倪飛又問：「等等挖穿船底，我們會看到什麼？」

「會看到船底破一個洞！」鳳仔舉翅搶答。

「船底破洞……」溫曼儀恍然大悟。「是水。」

眾人這才明白，倪飛花費時間造這電梯，是否刻意炫技是一回事，但若只是單純挖掘長道，一旦挖穿船底、挖出這艘貨輪的混沌範圍外，那麼陰間海水便會瞬間灌滿整條長道，但眾人身處梯廂之中，便不會第一時間被陰間海水沖著。

但就當眾人以為只要繼續搭乘這混沌電梯一路向下，直到穿透船底，待倪飛造成

「天線」之後，就完成此行任務時，本來方方正正的電梯，卻突然晃動、變形起來。

「怎麼回事？」大夥兒慌張地東張西望。溫曼儀問倪飛：「有人在破壞你的電梯？」

「我不確定……」倪飛喃喃說：「但是船艙裡有股力量干擾我造混沌……」

「混沌還能被干擾？」溫曼儀好奇地問，她身中的夢海安立時用她的手，往電梯廂上輕輕一按。「當然可以。」

只見溫曼儀手按之處，浮現出一圈雕花裝飾——夢海安自稱老魘魔手下第一把交椅，她的混沌術也接近爐火純青的境界。

「要不要改條路走？」姜洛熙望著倪飛。

「好吧……」倪飛雖不情願，但還是點點頭——他造這電梯，是為了防止海水灌進混沌通道淹著眾人，但倘若在挖穿船底的同時，他這混沌梯廂遭受破壞，那造電梯的意義便蕩然無存了。

他反手拍了拍梯廂壁面，停下電梯，盯著小圓窗觀察外頭動靜，跟著在梯廂外的通道壁面上造出一扇電梯門。

門打開，外頭是黑漆漆的船艙廊道，似無動靜。

倪飛跟著在梯廂上也造出一扇門，領著眾人踏出電梯，進入船艙廊道。只見四周廊道陰森漆黑，沒有一盞燈，四周唯一的光源，便是相隔甚遠才會出現在牆上的血紅符紋。

幾道血紅符紋透出的紅光，忽明忽滅，四周廊道不時微微晃動，彷如活物一般。

「前面好像有東西……」溫曼儀望著看不清盡頭的廊道彼端。

「是啊。」夢海安微笑問：「我沒有對妳提示，妳也能感應得出來？」

「能啊。」溫曼儀回答：「你們都說我是稀有的煉鬼器皿，煉鬼器皿感應得到妖魔鬼怪，也很正常吧。」

「妳會怕嗎？」夢海安問。

「不怕。」溫曼儀笑說：「妳明知故問啊。」

「沒有喔。」夢海安說：「我到現在為止，都沒有用偷心抑制妳的恐懼。」

「是嗎？」溫曼儀聳聳肩，說：「那可能現在還沒出現會讓我害怕的東西吧。」

但她剛說完，突然察覺到什麼，咦了一聲。

四周的晃動程度漸漸加大，還伴隨著一股奇異魔氣，從廊道前後兩端同時湧來。

馬大岳連忙掏出幾張驅魔符抓在手上，緊張地閉起眼睛，豎耳傾聽四周動靜。姜洛熙和倪飛同時擲出數張尪仔標，將火尖槍、混天綾、風火輪全裝備上身。

姜洛熙還喊出陰牌三鬼奴，一齊在隊伍後方殿後；倪飛則挺著火尖槍擋在溫曼儀身前，守著廊道前端。

眾人不停地東張西望，只覺得這廊道前後兩端湧來的魔氣差不多濃厚，且氣味完全一致，儼然像是同一個傢伙身處兩地，同時散發出這樣的氣味。

「唔哇，這什麼噁心的聲音？」馬大岳皺眉細聽了半晌，說四面八方，全是一種難以形容的古怪聲音，硬要形容的話，像是有個濕濡軟黏的東西，摩挲拍打四周壁面所造成的液體碰撞聲。

姜洛熙將混天綾甩高，藉由混天綾的火光照亮廊道，同時陰牌三鬼也擲出黃符，在空中化為符蟲。與之前的偵察符蟲不同之處，是這批符蟲身上燃著火，飛高之後，照亮了整條廊道。

眾人清楚見到，兩端廊道遠處幾扇門，伸出一條條接近成人大腿粗的觸手，那些觸手乍看之下，像是烏賊、魷魚的觸手。

下一刻，一條條觸手像是發現獵物般，飛快朝眾人伸來。

大夥兒直到那些觸手逼近時，這才發覺那些「烏賊觸手」並沒有吸盤，取而代之的是大大小小的眼耳口鼻，模樣詭怪至極。

「哇！那是什麼鬼東西？」眾人七手八腳地準備迎戰。

後方廊道伸出十餘條觸手竄向姜洛熙，竄至距離姜洛熙十餘公尺處左右，地面陡然金光閃耀——剛剛姜洛熙砸尪仔標拿齊法寶時，順手便以金磚粉筆在前方地板畫下大伏魔咒，以備不時之需。

十餘條觸手被伏魔咒金光映得猛一顫抖，觸手上的眼睛紛紛閉上，嘴巴則哭嚎嚷嚷。

陰牌三鬼一齊撒出一片飛符，沾著觸手就炸。

姜洛熙挺著火尖槍，在數十張飛符掩護下，一口氣連刺了十餘槍，全刺在觸手的眼睛、嘴巴上。

幾乎同時間，前方廊道也有十餘條觸手竄向倪飛和溫曼儀。倪飛沒有陰牌三鬼助陣，事前也沒畫符準備，而是砸出九龍神火罩和豹皮囊，直接招出九條黑色火龍外加一隻小黑豹齊力迎敵。

觸手被黑火燒著，尖叫縮回，滅火之後再被燒退、再竄來、再被燒退。

夢海安附在溫曼儀身上，前後瞧瞧，只見這些觸手雖攻不破姜倪二人防線，但倪飛也因此無法專心施展混沌，打造「天線」。

她用溫曼儀的手按上廊道壁面，造出一間混沌房間，但和剛剛電梯裡的情形一樣，房間不時搖晃扭曲，十分不牢靠。

「怎麼回事？」溫曼儀問。

「我也不懂……」夢海安狐疑盯著那扭曲的混沌房間。「那股力量持續干擾我造混沌……如果敵人中也有混沌術士，為何不找機會對我們出手，而只是單純干擾？且這干擾方式很沒效率，不像是混沌術士的手法，比較像是……」

夢海安停頓半晌，思索怎麼形容才貼切，她說：「如果我被反鎖在房間裡，在牆上造出混沌門，開門離開房間，十分容易，但如果門外站了個厲害魔王，抓著門把將魔力注入牆壁，我要在這牆上造門開窗什麼的，就變得十分困難了。」

「妳說這裡藏了個魔王？」

「也不是……」夢海安瞧瞧前後廊道正用各自方式大戰觸手的姜倪二人，跟著用溫曼儀的身子湊近牆壁，嗅了嗅，說：「這牆壁裡那股干擾我造混沌的力量，和噁心觸手的氣味一模一樣，簡直就像是……同一個東西。如果我沒猜錯的話，我們現在說不定在那『魔王』的肚子裡。」

「妳說我們在魔王肚子裡？」

「我是狐。」夢海安用溫曼儀的手指，點了點她的鼻子，說：「我的鼻子比神明乩身的鼻子靈得多，我剛下車就聞到一股腥味，從艦橋到船艙，全是同一股味兒，直到這些觸手出現，我才確定敵人除了船上那些傢伙之外，還要加上這整艘船。」

「什麼——」倪飛在前頭指揮火龍大戰觸手，仍聽見溫曼儀與夢海安的對話，不由得有些驚訝。「妳說這艘船是一個魔王，我們現在正在魔王身體裡？」

「對。」夢海安高聲說：「我們想在這傢伙的身體裡造混沌，必須先削弱他的力量，否則沒辦法成功。」

「所以要怎麼削弱他的力量咧？」馬大岳問。

「嗯，如果整艘船都是他的『身體』，那麼肯定有重要跟不重要的地方。」夢海

安這麼說：「比如一個人的身體，眼睛比頭髮重要、心臟比盲腸重要。」

「也就是說，我們眼前首要的任務——」姜洛熙這麼說，一槍掃下，劈倒最後一條

觸手。「就是找出這艘船的心臟。」

另一頭的觸手群，也被倪飛火龍燒得焦黑一片、紛紛倒地，倪飛望著溫曼儀，問：

「心臟在哪裡？」

「你問我？我……我怎麼知道……」溫曼儀連連搖頭，又問：「海安，妳知道

嗎？」

「當然不知道。」

# 貳拾壹

白雪騎著飛天巨獅凶神，飛抵艦橋的破口處，只見阿瑛領著一批指揮室成員，聚在螢幕牆前；其中幾處畫面，是陳亞衣和林君育領著眾貓乩已突破實驗室邪獸圍攻，正循原路向上。

此時招福已經調集甲板上大部分的陸生邪獸，在那貨櫃出口外布下天羅地網，等待林君育上門。歐陽沙發則仍守在艦橋與船艙之間的樓梯通道，卻始終沒攔著衝鋒號上的姜倪等人。

阿瑛指示指揮室成員，不停切換船艙監視鏡頭，但這艘巨大貨輪中的監視器有數百具之多，且在更下層的船艙深處，還有許多區域並未安裝監視器，因此阿瑛遍尋不著姜倪等人。

白雪喊來阿瑛，聽她報告完情況，皺眉思索半晌，說：「那些傢伙可能跑進『肉艙』裡了……」

「如果他們進了『肉艙』，只有死路一條。」阿瑛問：「所以我們集中全力對付這兩人？」她這麼說時，揚手指向螢幕牆上的一角——陳亞衣與林君育，距離貨櫃出口僅剩數十公尺。

「不……」白雪搖搖頭，說：「雖然機率不高，但他們可能誤打誤撞，在肉艙裡頭找到千足怪的『頭』。」

「要不我帶一批邪獸進肉艙找他們。」阿瑛這麼說。

「讓子彈下去。」白雪這麼說：「子彈可以走通風管道，把體型小的邪獸全召集起來，替子彈準備一支軍隊。」

「沒錯沒錯！」子彈興奮地嚷嚷：「讓我統領大軍，我一定把他們揪出來交給白雪女王！」

「是。」阿瑛點點頭，見白雪騎著凶神，轉身要與底下招福會合，突然問：「白雪姊！窮哥他……真的不要我們了？」

「……」白雪回頭，望著阿瑛，笑說：「我們動作快點，在沉船前先逮到那批傢伙，說不定可以將功抵罪……」她說完，便騎著凶神轉身飛下。

貨輪突然大大搖晃了幾下，一條條巨大觸手自水面竄起，有些高舉在船邊甩動；有些直接打上船，打凹了好多貨櫃；更有些觸手揚至貨輪上方高空，和從船身另一側甩上的觸手，互相糾結纏繞成拱橋狀。

「真是斷尾沒錯……」阿瑛呆然地望著前方左右兩側更多觸手揚出水面，在甲板上空，結成一座又一座「拱橋」。

她見底下鄰近白雪號那貨櫃出口開始出現騷動，知道是陳林二人打上來了，立時躍出艦橋破口，高聲下令四周的飛空邪獸集合，飛下去支援白雪和招福。

白雪騎在凶神背上，提著皮鞭，居高臨下盯著一隻隻邪獸蜂擁擠進那小小的貨櫃門內，她抬頭，望著一條條自貨輪兩側揚起的觸手，在她頭頂上方交會糾纏成拱橋。

她暗暗估算成人大腿粗細的觸手所結成的拱橋，要完全遮蔽住整艘船，或許得花上半小時，也就是說她有半小時的時間逮人，或是逮貓逮虎，如果什麼都沒逮著，她依然可以趁上空還沒完全被遮蔽之前，領著愛將離去，但那樣算是「對自己造成的後果負責」嗎？閻冰為了打造這艘千足怪，召集了頂尖的煉獸師、造船師、建築師、遮天術師，花費大量時間人力和金錢才完成的心血結晶，卻因為自己想討窮哥開心，竟將神明乩身引上船，不但害窮哥斷了一手，還不得不啟動「斷尾」。

「阿瑛。」她對跟來她身後的阿瑛說：「要是等等我沒逮著能夠抵罪的東西，妳就帶子彈、招福和歐陽沙發走吧，我自己留下來負責到底。」

「白雪姊，我們不會走，不論妳去哪兒，我們都陪妳到底……」

阿瑛語音剛落，下方貨櫃出入口不遠處一個貨櫃頂，炸出了一個大洞，接著林君育躍出洞外——外頭的邪獸不停往門裡擠，打倒一隻又來兩隻，因此黑爺直接轟破貨櫃頂板躍出，但貨櫃頂上早有數隊邪獸守候多時，一見林君育現身，立時蜂擁而上。

底下待命的邪獸們，聽見貨櫃上方的動靜，也紛紛攀上貨櫃，往林君育擁去。一隻隻貓乩自破洞躍出，揮爪掃出虎掌，逼退來襲邪獸。

林君育一個扭身，甩動黑爺尾巴，將陳亞衣自貨櫃裡拉出。陳亞衣攀在洞旁，探手進洞，將廖小年也拉至貨櫃頂部。

廖小年仰頭望著一條條觸手在空中結成拱橋，一時不懂這是什麼情況。「那是什麼東西？」

「小心——」陳亞衣見到一條觸手斜斜竄向廖小年，立時縱身撲倒廖小年。

那觸手轟隆打進貨櫃頂部，被阿壹一爪扒斷，觸手上一張張嘴巴，發出慘痛哀嚎。

「這什麼噁爛東西！」陳亞衣盯著那條被阿壹扒斷的觸手，只見四周除了邪獸之外，還有一條條高高揚起的觸手，像是盯上獵物的毒蛇般，搖搖晃晃，等待時機出擊。

又一條觸手竄向林君育，林君育飛撲閃過，觸手撞進邪獸群裡，將好幾隻邪獸高高捲起，觸手上一張張嘴不分青紅皂白地啃咬起邪獸身體，有些邪獸不甘示弱，也反咬回去。

更多觸手像是巨型鞭子一般，自上往下，追著林君育抽打。黑爺附在林君育身上，時而雙足狂奔、時而手腳並用，在高高低低的貨櫃頂上躲避觸手鞭擊。那些觸手敵我不分，不僅打倒一群邪獸，甚至有時會鞭到貨櫃邊角，將觸手上的眼耳口鼻都給撞得破碎稀爛。

「凶神！就是現在——」

白雪見阿壹後背露出空檔，高聲下令，凶神立時飛撲直取阿壹後背，但被一記飛空虎掌截斷攻勢。

攔住凶神的，正是橘貓將軍。

「手下敗將。」白雪哼哼一聲，將長鞭抖成銀戟，想故技重施，趁虎爺將軍與凶神對峙時，直接動手襲擊橘貓將軍。

凶神咧嘴怒吼，惡狠狠地盯著瘦弱橘貓將軍身後若隱若現的虎爺將軍，狂吼一聲，一掌拍去。

虎爺將軍立時還擊一掌，一獅一虎如前次大戰般，巨掌對轟起來，然後四掌相抵，再一次比拚起力氣。

「真是學不乖。」白雪呵呵一笑，躍上半空，落在橘貓將軍身後，正要故技重施，挺戟去刺橘貓將軍後背，卻被不知何時近身的林君育，一把握住長戟。

「妳就是用這招，偷襲俺學生貓乩？」林君育兩眼發光，黑爺哼哼地說：「這次俺可不會讓妳得逞啊……」

白雪感到黑爺氣勢凶猛，不敢力拚，猛地蹦上半空，高呼喚來更多邪獸圍攻林君育。

底下，在一陣獅吼虎嘯聲中，渾身紅光綻放的虎爺將軍，轟隆一聲將巨獅凶神按倒在地，還往凶神的頭臉連拍數掌，將凶神的腦袋拍得微微變了形、身下貨櫃也陷下一個坑。

然後，橘貓將軍飛撲到凶神身上，低頭探進凶神那團鬃毛裡。

凶神雙眼瞳孔一縮，頸際鬃毛裡，埋著一顆若隱若現的大虎腦袋，下一刻，虎爺將軍猛地挺身仰頭，從凶神頸子扯下好大一塊肉。

「凶神！」白雪在空中見凶神被將軍按倒後，一口咬斷了脖子，驚怒之餘東張西望，只見四周貨櫃上每隻貓乩都泛著紅光，跟著又見到陳亞衣站在戰圈中央，全身紅光閃耀，原來她燃了紅符，正向林君育與眾貓乩傳送媽祖婆的紅面神力。

「阿瑛，去對付那女人！」白雪高聲下令。「別讓她施法加持老虎。」

阿瑛領著飛空邪獸擁向陳亞衣，伸長雙手像是要掐她脖子，但下一刻，卻被陳亞衣抬腳踏起的黑色波動震得渾身發軟，再被陳亞衣握住手腕，摔砸在貨櫃頂部，被苗姑用小紅袍罩住腦袋，連搥了七、八拳，好不容易掙脫小紅袍，又被躍到眼前的阿陸，重重往臉上扒了一爪。

這一爪從阿瑛的左額扒至右頰，利爪深深劃過鼻子、嘴巴，以及雙眼。

阿瑛慘叫著摀臉後退，被一群飛空邪獸簇擁救上半空。

「臭娃兒，妳當媽祖婆乩身只懂加持？比較容易對付？」苗姑哼哼叫罵。

陳亞衣臉上紅黑參半，一面向四周貓乩、虎爺傳送紅面神力，一面以黑面神力，踏出一圈圈震波，抵禦來襲觸手和邪獸。

白雪見戰情僵持不下，急著取出手機，先將守在艦橋通道的歐陽沙發喊來助戰，跟著向轉入船艙深處的子彈詢問情況。「子彈，你找著他們了嗎？」

□

「找到了！白雪女王。」

子彈賊頭賊腦地攀在通風口旁，揭開柵欄蓋子，探出腦袋，偷瞧前方廊道裡，向白雪報告姜倪等人一邊與觸手亂戰、一邊尋路的模樣。

「他們往哪兒走？」

「好像……好像是……」子彈思索幾秒，報了個方位。「他們好像往『頭』的方向走耶。」

「想辦法引開他們，別讓他們接近千足怪的『頭』。」白雪這麼下令。

「遵命，交給我！」子彈這麼說，跟著領著大批小體型邪獸，在通風管道內加快腳步，趕到姜倪等人前方數十公尺處，令一隻邪獸揭開柵欄蓋子，飛了出來，攔在倪飛眼前，高聲說：「你們這些臭傢伙，天堂有路你不走，地獄無門闖進來，有種過來追我啊——」

子彈說完，立時轉進右側廊道。

「啊！」鳳仔飛在空中，提著一張發光金符替眾人照明，聽見子彈喊話，立時氣得大罵：「是他！」那夜鳳仔與子彈纏鬥，被子彈拔光了頭頂鳥羽，儘管一夜便重新長回，但仍時時刻刻記恨在心，此時仇人相見分外眼紅。

「就是他？」一旁羅漢急問：「上次欺負你的啄木鳥？」

「對，就是那隻很壞的啄木鳥。」

「他看起來不像啄木鳥，啄木鳥是長那樣子嗎？」

「他就是啄木鳥，他大概偷偷化妝，或是易容了！」

「原來如此，兄弟，我幫你教訓那啄木鳥，替你報仇。」

「好兄弟，我們上！」

鳳仔和羅漢雙雙追去。

本來應當引開姜倪等人的子彈，聽見鳳仔和羅漢的對話，卻又繞了回來，氣急敗壞地大吼：「我不是啄木鳥，我是白雪女王手下第一神鷹，子……」

子彈還沒說完，就被飛撲而來的鳳仔和羅漢撞個正著，三鳥在廊道中打成一團。

「你們在幹嘛？」倪飛一時還沒搞清楚狀況，正想喊回羅漢和鳳仔，突然聽見頭頂上方幾處通風口的轟隆聲響，柵欄蓋子紛紛被揭開，嘩啦啦跳下一堆持著刀械的古怪小猴。

同時四周又竄出更多觸手，將眾人逼進一旁寬闊的艙室內。

姜洛熙見敵人又雜又多，也砸出九龍神火罩和豹皮囊，加上倪飛那隊黑龍，一共十八隻龍、兩隻小豹，儼然成了一支小軍隊。

「不要以為你找了幫手，就能贏我。」子彈的利爪揪住鳳仔頭冠上那束長羽，猛力一甩，將鳳仔甩飛老遠。

鳳仔彈落在地，搖晃起身，張翅摸摸頭頂，發覺長羽又少了幾枚，氣哭尖叫：「你又拔我的毛？」

「兄弟，別哭，我替你討回公道。」羅漢竄向子彈，也被子彈一把揪著，對著腦袋猛啄一陣。子彈體型雖不比鳳仔、羅漢大上多少，但畢竟是靠狩獵為生的燕隼，力量與格鬥技巧當然比鸚鵡高明不少。

子彈邊啄邊罵：「你們以為一隻傻鳥，再加上另一隻傻鳥，就能贏過鷹了嗎？」

「放開我兄弟！」鳳仔飛撲在子彈背上，反啄他腦袋羽毛。

羅漢被子彈啄得頭破血流，卻也不屈不撓，張口吐出一張符，唰地燒化，竟是副腳鐐，喀啦鎖上子彈右爪。

腳鐐上還拖著一顆黑漆漆的鐵球。

子彈驚訝之餘，突然感到眼前金亮刺眼，原來鳳仔也吐出一張符，化為驅魔符陣，映得子彈睜不開眼，腦袋嗡嗡作響。

原來鳳仔自那夜被子彈狠狠欺負後，便無時無刻都在備戰，此行前還特地向姜洛熙討了張以金磚粉畫出的驅魔符，藏在肚子裡，以備不時之需。羅漢想替鳳仔報仇，也時常吵著要倪飛替他打造暗器。而倪飛造給羅漢的，是他自個兒研發的腳鐐符——他對盜虎團用來狩獵貓乩和虎爺的腳鐐符很感興趣，便依樣畫葫蘆地替羅漢打造了一些迷你腳鐐。

子彈摔落在地，瞇著眼睛感到爪上又喀啦喀啦響了幾聲，原來羅漢肚子裡藏著不只一張腳鐐符，而是足足五張。

子彈左爪鎖著兩顆鐵球、右爪鎖著三顆鐵球，頂著刺眼強光和驅魔術力，一時竟飛不起來，氣得大罵：「好不要臉的兩隻臭鳥，竟然用陰招，有種光明正大一對一！」

「誰理你！」鳳仔撲在子彈身上，抬起小爪子踩他的臉。「鳳仔不跟啄木鳥單挑，鳳仔最討厭壞心腸啄木鳥。」

「我不是啄木鳥，我是鷹……」

子彈還沒說完，羅漢蹦上來陪著鳳仔一起踩，兩隻鳥你一爪我一爪地踩踏子彈，在子彈身上跳起踢踏舞。

「你們到底在幹嘛？」

溫曼儀的聲音，打斷了鳳仔和羅漢的動作，溫曼儀矮下身，捧起子彈。

子彈暈頭轉向之間，只見姜洛熙、倪飛等人已經圍來他身邊。他此行帶來的那批迷你邪獸，完全不是十八條火龍加兩隻小豹的對手，在狹長的窄道裡被火龍大軍噴火狂燒，死了一半，逃了一半——逃走的那一半，也成為觸手們的攻擊目標，且小邪獸們不停躁動尖叫，反倒替姜倪等人引開了觸手們的注意力。

「你……你們儘管殺了我吧。」子彈閉上眼睛。「子彈寧死不屈……」

「……」羅漢望著被溫曼儀捧在手裡的子彈，對鳳仔說：「這啄木鳥還挺有骨氣。」

「我不是啄木鳥！」子彈氣得又睜開眼睛，朝底下大吼：「快殺了我，不要再羞辱我了！快殺了我啊，快……」他怒吼到一半，被溫曼儀摸了摸腦袋，只見溫曼儀的雙眼，透出奇異光芒。

「你當然不是啄木鳥，你是雄赳赳的老鷹，是你主子手下最忠心的愛將……」夢海安透過溫曼儀的雙眼，望著子彈的眼睛，柔聲說：「乖，告訴我你的名字。」

「我叫……子彈。」子彈沒有絲毫警戒，便中了夢海安的「偷心」。

「告訴姊姊，這裡是什麼地方？這些觸手是什麼東西？」

「這裡是……」

子彈在恍神之間，告訴夢海安，這個地方被稱作「肉艙」。

肉艙，即是供千足怪的「肉」生長的區域，那些觸手，即是千足怪的肉。

然而千足怪除了觸手以外，還有一顆頭，就藏在肉艙的某個房間裡。

而整艘貨輪，其實也算是千足怪身體的一部分，是他的「殼」。

這艘安裝著混沌引擎、遮天咒術的巨型貨輪「千足怪」，可是苦水堂閻冰召集最頂尖的煉獸師、造船師、建築師和遮天術師，攜手打造而出的厲害東西，煉獸師窮多將千足怪的頭，埋入造船師精心打造的貨輪艙廂中，再由建築師施術將兩者結合——那「建築師」的最大本事，便是打造能與鬼怪融合為一體的建物。

在建築師巧手施術下，千足怪在船艙內「生根發芽」，猶如真菌侵入蟲體後生出植株，成了冬蟲夏草那般模樣。

然而這千足怪儘管寶貴，卻也身懷一項重要任務，就是在神明乩身攻上船，而守軍無力阻止時，窮多有權決定啟動「斷尾」——千足怪會將成千上萬條觸手自船體兩側伸出，向上連結成拱橋，猶如巨蛋天花板般覆蓋住整艘船。

然後，千足怪會將整艘船往陰間海裡拖，同時觸手上那一張張人口，會吐出大量鬼煤油，點燃之後，整艘船便猶如一座熔爐，一面燃燒，一面下潛至陰間深海。

屆時船上一切研究資料、守軍與入侵者，連同千足怪本身，都會被燒至魂飛魄散。

「這麼厲害啊，那麼該怎麼阻止千足怪燒船下潛呢？」

「沒辦法阻止呀，窮哥已經啟動斷尾，自己坐潛艦走了，留下白雪姊和我們死守千足怪，絕不讓你們離開，嘻嘻。」

姜洛熙、倪飛等，聽子彈這麼說，不禁面面相覷，這才知道這千足怪裡，竟然還藏著一艘潛艦，且已經開走了。但此時此刻，他們無暇追問窮哥與白雪之間的關係，只能問子彈，有沒有辦法削弱這千足怪的力量。

子彈說自己也不知道，他只知道千足怪的頭，藏在某個房間裡。

「哪個房間？」夢海安捧著子彈，柔聲問。

「往那邊走……」子彈揚起翅膀，指著左前方廊道。

此時千足怪大部分觸手都已伸出船外，留守在船艙內的觸手當中，又有一大部分去追殺驚慌亂竄的小邪獸們，姜倪一行人，偶爾才會碰上三、五條攔路觸手，但也全被火龍們燒毀或咬斷。

一行人繼續往前，竄出攔路的觸手變多了，船體的震動也稍稍加大，似乎是千足怪意識到姜倪一行人逐漸往他的頭逼近——但即便千足怪意識到這一點，也無能為力，因為千足怪雖然總體力量龐大，卻並非是針對個人戰鬥設計的產物，全身上下能夠用來戰鬥的東西，只有那些成千上萬條的觸手，而千足怪當前首要任務，是完成斷尾，而非自我防衛——畢竟斷尾的任務內容，便是令他犧牲自我，銷毀一切。

「就是……哇！」子彈帶著眾人轉進一條廊道，遠遠便見到前方廊道左側壁面向外隆起，本來應當鎖上的門，被向外撐開一條大縫，縫裡還擠出軟黏肉塊。

「長這麼大啦！」子彈興奮地望著那被撐開的門，呀呀地說窮多將千足怪腦袋放進那房間時，是裝在一個數十公分高的小陶罈裡，結果現在竟將十餘坪大的艙房，撐擠成這樣。

「房間裡面，就是他的頭？」夢海安遠遠望著自門縫擠出、不時緩緩蠕動的肉塊。

「對啊。」子彈說：「千足怪除了殼以外，就只有頭跟觸手，其餘什麼也沒有。」

「好了，現在我們該怎麼做？」姜洛熙望著倪飛和夢海安，說：「我去攻擊他的頭，試著削弱他力量，你們全力造混沌，可以嗎？」

倪飛點點頭。「目前好像只有這個辦法。」

溫曼儀低聲問夢海安：「海安，妳不能對千足怪偷心嗎？叫他別把大家帶進深海。」

「我沒那麼厲害。」夢海安說：「一來我的傷還沒好，力量不到過去的三成，二來偷心能順利施展的前提，是我的道行必須高出對方一大截。要是想偷誰就偷得著，那我直接偷無晝的心，就能叫他在我面前自盡啦……」

「原來如此……」

另一邊，倪飛在廊道的十字交叉處摩拳擦掌，令九條火龍和小黑豹分別守著北側廊道，東側廊道則交給陰牌三鬼和馬大岳看守，至於南側廊道，則由姜洛熙的九條火龍與小豹把守。

姜洛熙獨自走入西側廊道那被軟肉擠開的破門前，回頭望了倪飛一眼。

倪飛點點頭，姜洛熙立時一腳踢走破門，將火尖槍刺進那團軟肉裡。

整艘船猶如地震般震動起來。

倪飛雙手緊握火尖槍柄，槍尾抵地，閉目凝神。他腳下的地板，立時化為一面圓形鑄鐵柵欄，他踩在圓形鐵柵欄正上方，火尖槍柄抵著圓形柵欄中心，而柵欄下方開始向下凹陷，彷如一條自動往下延伸成形的下水道，管道壁面還是水泥構造，由於管道口徑比鐵柵欄略小，因此鐵柵欄不會向下掉落。

然而倪飛在千足怪的身體裡開闢混沌，自然會受到千足怪魔力影響。他腳下那不停延伸的管道，崩出幾條裂縫，但他哼地施力，轉眼將裂縫修補填滿，令混沌管道繼續向下延伸。

船艙四周震動得更劇烈了，四面廊道都有觸手竄來。由火龍把守的南北廊道，毫無壓力，但東側廊道那陰牌三鬼，儘管結成防禦陣式，但被數條觸手逼得連連後退。倪飛微微睜眼，猶豫是否該調動火龍支援，卻聽姜洛熙早他一步向火龍發號施令，將南側火龍調走三隻支援陰牌三鬼。

就在倪飛分心之際，腳下一陣晃動，管道壁面再次崩出裂縫。他費了好大的勁，才再次將裂縫填實，卻感到有些疲累，有點後悔出發前沒向小歸討些混沌儀分擔壓力。

「你要專心啊。」溫曼儀來到倪飛面前，雙手按上倪飛握槍手背。

溫曼儀臉上浮現夢海安的面容，微笑著對倪飛說：「不然這洞要挖到明年了。」

倪飛聽夢海安這麼說，同時感到管道推進時變得輕鬆許多，知道同為混沌好手的夢海安，正出力幫他挖掘混沌管道，索性高聲一呼：「姜洛熙，防守就交給你了，我要開始專心挖洞啦！」

「好。」姜洛熙這麼回答，見自己身處的西側廊道，也有幾隻觸手竄來，便將火尖槍留在軟肉上，改以乾坤圈和混天綾迎戰觸手，不時持乾坤圈敲砸插在軟肉上的火尖槍槍尾，像是敲釘子般，一下一下地將火尖槍敲進軟肉更深處。

馬大岳則專注豎耳傾聽，聽見哪條廊道遠處又有觸手黏糊糊地竄來，便提前嚷嚷警示，讓眾人做好準備。

姜洛熙打退了一波觸手，見整支火尖槍幾乎快沒入軟肉裡，便以混天綾纏住火尖槍尾，跟著一腳踏在槍尾，順勢操使混天綾，將整柄火尖槍，送入塞滿軟肉的房中深處，再使勁狂抖混天綾，讓火尖槍加上混天綾燃起烈火，同時在房中軟肉——也就是千足怪的頭裡亂竄。

船艙內的震動，已經超過史上的地震規模，到達某些驚悚遊樂設施的晃動程度。馬大岳被震得東倒西歪，他見倪飛和溫曼儀，四手緊握豎立在鐵柵欄上的火尖槍，像是握著捷運桿子一樣，本來也想擠過去一起握，但他隨即見到倪飛和溫曼儀兩人靜默無聲、額頭相抵，形成一種排斥他人擠過去湊熱鬧的神祕氣場，只好勉強搆著牆上一處凹陷處，繼續隨著震動搖來晃去。

此時倪飛彷彿靈魂出竅，全心全意將混沌通道持續向下推進。他身子微微前傾，肩膀抵著火尖槍柄。他的個頭僅比溫曼儀略高一些，此時眉心剛好抵上溫曼儀額頭。

溫曼儀本來已將身子交由夢海安使用，夢海安也閉起眼睛專注幫倪飛推進混沌，但她感到額頭碰著東西，同時臉龐也感覺到倪飛鼻息，睜開眼睛，見倪飛離她極近，不由得嚇了一跳，卻出不了聲，且動彈不得。

她聽見夢海安用心聲對她說話，說倪飛現在極其專注，千萬別打擾他。

她也能以心聲回應夢海安。

「妳不覺得他靠太近了嗎？」

「還好吧。」

「上次溫家大戰時，妳替他擠鬼臉時，不也靠這麼近嗎？」

「上次哪有這麼近！妳看他的臉快貼上來了耶！」

「幹嘛，妳怕他偷親妳？」

「他應該不會做這種事吧……」

「不會就好囉……啊！挖穿船底了！」

倪飛睜開眼睛，見到自己的臉和溫曼儀的臉相距極近，連忙往後退開一步，但見溫曼儀閉著眼睛，沒有反應，又望望四周，發現沒人在看他，這才鬆了口氣，從口袋中取出一張金符，施咒燒化，變出一隻金光閃閃的蠶寶寶。

他蹲低身子，將蠶寶寶放在掌心中央，那蠶寶寶立時往他掌心吐出金絲，還不時扭頭蠕動，像是畫符般地在他掌心畫下一道金絲符咒。

倪飛見符咒畫成，便反手將蠶寶寶拋進腳下的鐵柵欄裡。只見蠶寶寶拖著亮晃晃的金絲，一路向下墜落。

金絲雖然極細，但是發出的光卻照亮了整條混沌管道。

溫曼儀蹲下，問倪飛：「你為什麼把蠶寶寶丟下去？」

「那是天線。」

「天線？」

「那是太子爺用金磚粉變出來的蠶寶寶，吐出來的絲，鬼打不壞，丟到船底、游進海裡，就成了破解遮天術的『天線』。」

「我從一開始就想問了……」溫曼儀好奇地問：「既然是天線，為什麼不直接架在船上面，要這麼麻煩裝在船底呢？」

「嗯？夢海安沒跟妳說嗎？陰間和陽世像是鏡子的兩面，神明降駕進陽世，是從天上降到地上，要進陰間，得繼續穿透大地，然後從陰間地表竄出來，所以要從船底挖洞，讓蠶寶寶帶著金絲從混沌管道進到陰間海裡。」

「陰間？可是這艘船不是在混沌裡嗎？如果突然開進陽世，天線放在船底，會不會接收不到……」

「放心。」倪飛哼哼說：「蠶寶寶有兩隻，另一隻……」他說到這裡，突然像是聽見什麼般，興奮站起，大喊姜洛熙，還朝對方張開手掌。

廊道裡，姜洛熙回頭見到倪飛高舉的左掌金光閃耀，也舉起了左掌，掌心上亮著一模一樣的金符。

一條不仔細看不會察覺的金絲，循著姜洛熙的掌心，一路延伸至倪飛先前打造的那條混沌電梯通道。

再經過船長辦公室置物箱、艦橋指揮室破口，繼續向空中延伸。

延伸出一條條觸手拱橋之外，甚至超出了整艘千足怪所處的混沌區域。

連接在一隻飛在陽世天空的金蛾身上。

原來在衝鋒號尾隨白雪號、登上千足怪之前，曾短暫進入陽世，讓姜洛熙開窗放出金蛾。

目的就是打造出這條貫通陰陽兩界與混沌空間的天線。

# 貳拾貳

白雪飛在空中，默默凝望腳下戰局。

凶神一動也不動地癱躺在貨櫃頂上，頸子缺了一大塊，明顯已經戰死。招福被阿貳拍了幾掌，咬斷左臂，伏在貨櫃邊緣努力爬動；歐陽沙發被林君育一拳轟進貨櫃裡，生死未卜；阿瑛臉蛋被阿陸扒了一爪，被幾隻飛空邪獸抬到了遠處。四周雖然仍不停有邪獸擁出，數量也不少，但絲毫威脅不了底下陳林二人，以及眾貓乩。

她看看手機，子彈依舊沒有向她報告肉艙裡的戰況，恐怕也凶多吉少了。

白雪漸漸明白，不久之前她還想「將功抵罪」，似乎太過樂觀了，她只是個馴獸師，本便不是能征善戰的大將，她做的一切，都只是為了討好她的窮哥，結果弄巧成拙。

她抬頭望天，只見無數條觸手結成的拱橋，就快要遮蔽住整個上空，這幾乎是她登上千足怪之後，唯一感到欣慰的事情了。

至少「斷尾」還能夠順利執行。

一陣陣怪異哭嚎聲尖銳迴盪起來，下一刻，貨輪上方，下起一陣黑色暴雨。

「哇！」陳亞衣被這陣黑雨嚇得高聲驚叫：「大家小心，這是鬼煤油！這些傢伙想放火燒船，通通集合來我身邊——」她邊說，邊從苗姑小紅袍口袋裡取出最後一張白符，施咒燒化。

苗姑揮動起小紅袍，大聲嚷嚷起來：「集合、集合！」

成千上萬條觸手上那無數人口除了吐出鬼煤油之外，也吐出一些奇異的鬼火團，鬼火團撞著鬼煤油，立時燒出大火，大火落在貨輪各處，飛快地擴散延燒開來。

「大貓小貓通通給俺集合——」黑爺操縱著林君育的身子，拔聲大吼，還順手撈起戰紅了眼的黑貓和阿陸，往陳亞衣飛奔而去。

陳亞衣渾身閃耀著白光，抬腳踏地，周圍迅速張開一圈直徑三、四公尺的白色光圈。

整艘貨輪轉眼陷入鬼煤油燃起的紫色火海。

林君育領著眾貓乩，將陳亞衣圍在中央。阿肆、阿伍距離較遠，奔回陳亞衣身邊時，尾巴和屁股都燃起紫火，但一進入白色光圈，紫火立時熄了。

貨輪開始劇烈震盪，船艙裡的觸手也同樣開始嘔出鬼煤油，一條條廊道也陷入熊熊火海，同時整艘船開始下潛。

白雪飛在空中，儘管全身被鬼煤油淋得烏漆抹黑，但身子周圍張開了一圈紅色結界，那是千足怪上所有成員都隨身攜帶的禦火符，能抵擋紫火焚燒約一小時。此時千足怪艦橋、甲板和貨櫃群中，紛紛亮起一圈圈紅色結界，那是阿瑛、招福、歐陽沙發，以及其他船員們都使用了禦火符。

而那些沒有禦火符的邪獸們，則在哀鴻遍野聲中，被火海吞噬殆盡。

白雪在空中見陳亞衣等人使用白面神力擋火，心裡也不著急，她知道整艘船儲存的鬼煤油足夠燒上整個月，陳亞衣那張白符裡蘊藏的白面神力，即便強過她這禦火符，也不可能支撐那麼久。

她會比他們更早被火海吞噬，但無所謂，她已經完成任務了。

在這最後一小時，該做些什麼呢？

她取出手機，撥給窮多，她想親口告訴他，她完成任務了。

手機響了一陣，無人接聽。

她不死心，再撥一次，通了，但電話那端是個女人聲音，白雪認得那聲音，好像叫作「小妘」來著。

小妘是苦水堂上個月才增派至千足怪的支援人手之一，平時負責在囚籠區餵食邪獸。

有張可愛臉蛋和婀娜身姿。

在苦水堂裡，是地位極低的小嘍囉。

「為什麼……妳在潛艦上？」白雪的聲音有些苦澀。「妳偷偷躲進去的？」

「不。」小妘說：「是窮哥帶我來的，他說需要我的幫助。」

「妳能幫他什麼？」

「我也不知道，但窮哥說他會教我，他說我想學什麼，他就教我什麼。」小妘繼續說：「我說我想像白雪姊妳一樣，負責馴獸，也想有一隻專屬坐騎，他說會替我造一頭生著翅膀的老虎……」

白雪默默無語，持著手機的手緩緩垂下，任由手機落入火海。

儘管白雪沒有聽完小妘說了什麼，但大概也能猜著大半——去年窮多也對她說過類似的話，要她幫他馴獸、會替她造一頭生著翅膀的獅子……

白雪仰起頭、張開手，施咒撤去了禦火符結界，讓更多鬼煤油淋上身，睜眼望著朝她飄來的一枚鬼火團。

她知道只要被火海吞噬，就能從當前椎心刺骨的痛楚中解脫了。

鬼火團飄上她的肩頭，紫火瞬間將她燒成一枚人形火球。在極短暫的瞬間，她感到身上的痛楚，驅走了心中的痛楚，但下一刻，兩股劇痛都在持續，但和她想像中略有不同，她並沒有被紫火燒滅。

因為她的頭頂上方，落下了滂沱大雨。

大雨伴隨著濃郁仙氣，轉眼便澆熄了整艘船上那熊熊紫火。

底下陳亞衣和林君育，混身金光綻放，透出的神力讓白雪知道，有神明降駕了，且不只一位，是大道公和媽祖婆一齊降駕了。

白雪驚恐之中，強忍全身火灼劇痛，急急竄進貨櫃群中。她一時還不明白究竟發生了什麼事。接著，千足怪先是緩緩停止下潛，跟著開始往上浮升。

貨櫃群某處發出轟隆一聲巨響，一道金光炸出，是姜洛熙。

姜洛熙的雙眼同樣金光閃耀，太子爺也降駕了——太子爺降駕之初，紫火剛剛燒入姜倪等人身處的肉艙區域。太子爺立時放出火龍，以火驅火，同時將三昧真火催至最大，直接將塞著千足怪腦袋的房間燒得爆裂炸開；等確認千足怪斃命後，再令九條火龍鑽入倪飛造出的混沌通道，一路潛進陰間海裡，將下潛不久的千足怪，又緩緩推回海面。

# 貳拾參

這日黃昏，天空無雲，夕陽將這處位於半山腰的三合院周遭映得橙黃一片。

三合院後方有間小磚房，裡頭有先進的火化設備。這三合院主人姓周，正職是經商，平時兼職收容退休貓乩——其實這工作本來一直是他爸爸和爺爺在做，但爺爺過世、爸爸年邁後，由他接手，至今也將近十年。

由於他經商有成，手頭寬裕，因此拆去用來火化往生貓乩的老舊磚窯，添購嶄新的火化設備，並聘請專人打理。還請陽世眼線代為廣發公告，稱只要具有正式貓乩身分，甚至是對陽世、人類有功的動物遺體，都能帶來他這三合院火化。

兩個月前，將軍在千足怪上擊敗凶神，完成最後一趟任務，但即便大道公降駕親臨，虎爺將軍仍然不肯乖乖從橘貓將軍身上退駕——或許是虎爺將軍偷聽到太子爺與眾人閒談間，提及那閻冰與兩位伙伴正在策劃邪惡計畫，而這煉獸事件，只是那邪惡計畫裡的冰山一角，因此自作主張，認為此次任務還沒有結束，還想繼續與橘貓將軍並肩作戰。

黑爺哪能容忍虎爺將軍在大道公面前耍賴，正欲爆氣教訓將軍，大道公已經用林君育的身子，和藹地在橘貓將軍面前蹲下，撫摸他腦袋，還取出一瓶仙藥，說這是看在將軍即便病重，依舊奮勇與妖邪搏鬥的分上，自行調配給橘貓將軍的一點心意。

能再讓橘貓將軍健康續命一段時間。

享受一下真真正正的退休生活。

虎爺將軍這才乖乖退了駕。

返回劉媽家的橘貓將軍，每日能吃能睡，飯量甚至比以往更大，消瘦的身形也逐漸胖壯回來，就在劉媽一家以為將軍能再多活幾年，甚至還能繼續擔任貓乩時，某個清晨，將軍沒有像往常一樣睜開眼睛，在家中四處巡視。

直到劉媽女兒起床準備上班，見到六貓乩們圍在將軍窩旁，一齊垂頭凝視橘貓將軍，心中猛地一驚，似乎明白發生了什麼事。

六貓乩之中，只有阿壹背上垂著一條金黃披風，伸著爪子，按在橘貓將軍爪子上。

劉媽女兒走近群貓，輕輕喊著將軍，橘貓將軍一動也不動，阿壹卻回頭望向她。

劉媽女兒從阿壹那閃閃發亮的眼睛裡，看見那雙熟悉的猛虎眼神。

她知道虎爺將軍最終還是挑上了體型胖壯，且和橘貓將軍同為橘貓的阿壹，作為接下來二十年的拍檔。

劉媽聯繫了過往曾與橘貓將軍並肩作戰的乩身老友們，約定今日一同送將軍一程。

溫曼儀同樣參與了今日行程，雖然她與將軍並無多大淵源，但由於土地神老獮猴已經正式帶著一票山魅嘍囉們，進駐溫家大宅。溫曼儀這陣子和老獮猴，以及一票山魅們混得熟稔，因此也陪他們一同送別將軍。

老獮猴那直屬虎爺柳丁，屬於特殊編制，因為柳丁不是虎，是石虎，但仍然領有虎爺專屬金披風。當時柳丁隨老獮猴守護六月山，遭遇陽世黑道聯手陰間惡鬼，強攻六月山下的民居，正當老獮猴等山魅不敵惡鬼大軍時，陳亞衣帶著將軍趕來救援。當時兩位將軍威風凜凜地現身、剽悍誅殺惡鬼的模樣，深深烙印在柳丁心中。從此之後，柳丁視兩位將軍為偶像。

比起虎爺將軍，柳丁更崇拜橘貓將軍一些。

因此當橘貓將軍推進火化爐時，柳丁呀呀嘎嘎地哭得稀里嘩啦，似乎忘了自己當年車禍身故時，直接曝屍荒山小路，無人關心。

劉媽說，將軍死後應該不會成鬼——動物不像人們心懷執念，死後成為山魅的比例極低。將軍在最後的兩個月裡，眼神已不像過去那般銳利，頂多早晨醒來後巡巡家中四周，除此之外，就像是一般的家貓。

因為對於最後兩個月的將軍而言，前兩年心心念念的接班貓乩早找著了，且一口氣找著六隻；病重兼重傷的身體，在大道公靈藥加持下，每日能吃能睡、能跑能跳、能隨劉媽全家出遊；最後的任務也順利完成，生命最後遭逢的強敵凶神，也敗在他與虎爺將軍掌下。

橘貓將軍在二十年前土地廟牆角的那個小洞，被年邁的三花貓喚出，與虎爺將軍締結契約，得到對方贈與自己的名字，然後被劉媽一家悉心照料了二十餘年，與那同名伙伴並肩歷經無數次出生入死，最終獲得了兩個月自由自在、健健康康的退休生活。

對於今生，將軍心滿意足、無牽無掛。

這次離別，是真真正正的離別，不會再見了。

火化儀式結束後，齊聚在三合院內埕空地上的眾人，彼此寒暄一陣後各自離去。韓杰駕駛飛火宮，載著王書語和韓婧返家，還順路送倪飛和溫曼儀一程。倪飛有些坐立難安，像是努力壓抑著興奮情緒。因為韓杰此行順道替倪飛捎來了一個好消息——太乙真人替他重新打造的神蓮種子即將完工，天庭也答應給他蓮藕身了。

倪飛本以為是兩個月前，自己在千足怪上挖掘混沌立下功勞的緣故，但韓杰說不是，真正的原因，是在同日那場卓火秋的煉獸基地攻堅戰裡，太子爺從卓火秋口中問出了一個傢伙。

是閻冰與魘魔無晝的合作伙伴。

是第六天魔王敗亡前，留下的第九百九十九個孩子。

那三個傢伙正進行中的計畫，比數年前第六天魔王更加猖狂，令天庭上上下下如坐針氈，召開無數次會議，擬定上百項應變對策，其中一項，就是同意賜予倪飛蓮藕身，畢竟太子爺便是當初擊敗第六天魔王的首要功臣，由他統御手下乩身，直接迎戰那狂傲魔子，是最佳也是唯一的選擇。

自然，倪飛獲得蓮藕身後的一切作為，太子爺得全權負責。

太子爺也特地降駕在韓杰身中，與姜倪二人召開視訊會議，討論接下來的應對之道。

會議最後，太子爺特別提醒姜洛熙和倪飛，往後兩人得乖乖按照太子爺的指示行動，千萬別以為可以像虎爺將軍那樣耍賴抗命，畢竟他倆的蓮藕身可都是天庭破例賜予的厲害神物，要是出了差錯，害太子爺捱罵、削權什麼都算小事，要是受邪魔利用，禍害蒼生，屆時那責任可是連太子爺都不知該如何扛了——為了避免走至那一步，太子爺嚴肅提醒兩人，若真有必要，他會毫不猶豫地令韓杰狠狠教訓那不聽話的傢伙，在最嚴重的情況下，他會親自降駕誅殺那傢伙。

倪飛打著哈哈，警告姜洛熙千萬別作怪，否則自己會搶在韓杰動手前逮住他，交給太子爺處置。

姜洛熙不反對倪飛這說法，說自己也一樣。

至於姜洛熙，在周家三合院與眾人告別後，乘上王小明的廂型車再次南下高雄，準備進行新案，順便探探家瑋近況。邪獸事件結束後，媽祖婆給了陳亞衣兩張符，令她暗中對家瑋和奶奶施符——那兩張符的功用，是稍稍修改家瑋和奶奶在那段時間裡的記憶，讓他們以為爸爸欠債跑路了，而不是原本那個狀況，媽祖婆覺得原本的記憶對家瑋而言，沉重過頭了。

況且，天庭儘管治癒了黑皮，但當然不可能讓黑皮返回家瑋身邊。

今日參加將軍火化儀式的眾人中，還有個不請自來的賓客，便是鐵二。

鐵二帶著小草和小莓，正經八百地向姜洛熙道謝，說前一次姜洛熙救出他時，他傷重得無法言語，事後也沒向姜洛熙表示過感謝。他這次自作主張通風報信，本以為可以瀟灑報恩，誰知道鬧出個大笑話，搞得小釘小石反叛、小草小莓被抓，自己也被白雪逮個正著，受盡凌虐，被切割穿刺得亂七八糟，一點忙也沒幫上。反倒是韓杰攻破卓火秋的煉獸工廠，救出了小草小莓；姜洛熙等擊敗千足怪，從白雪號懲戒室裡找出了他。

大道公從子彈口中，得知鐵二雖是盜虎團頭子，但因試圖破壞白雪邪擄貓劫虎計畫，才遭受慘烈酷刑。因此大道公直接在白雪號懲戒室裡，替鐵二動了場臨時手術，拔去他身上一枚枚帶有折磨邪術的長釘，還將白雪從他身上切下的臟器，又縫回他身中，還開了一個月的仙藥，讓他後續調養魂魄。

鐵二對姜洛熙說，他這條蠢笨破魂，以後就是姜洛熙的了，只要姜洛熙開口，他赴湯蹈火，在所不辭。

姜洛熙只淡淡說，將來若真有需要，會找他幫忙。

眾人散去後的周家三合院，迎來了夜幕。

在鄰近山坡樹梢高處，還有幾個所有人都未曾察覺的「賓客」，他們甚至連賓客都算不上——是白雪一眾。

白雪不像過往總是穿著一身白，而是身披連帽漆黑風衣，風衣裡從頭至腳，全裹著赤紅色紗布，倘若她褪下風衣，活脫就是一具紅色木乃伊。

一旁的阿瑛臉上有道虎爪大疤；招福的兩隻狗耳破破爛爛，還缺了一臂；歐陽沙發胸前凹陷一大塊——當時白雪本欲藉大火自我了結，但剛燒上身的紫火，轉眼被大道公降駕時帶來的神雨澆熄了。

瞬間清醒的她，猛地感到自己不該就這麼魂飛魄散，她先躲進貨櫃角落，強忍著火傷劇痛，找回分散各處的阿瑛、招福和歐陽沙發，憑著對於千足怪環境的熟悉，在天差四處蒐證的同時，下船艙東拐西繞地抵達船內塢，走水路逃進陰間海中，帶著三將在陰間低調養傷。

雖說陰間亡魂，要掩飾外貌傷痕不難，尤其是身懷強悍道行的鬼甚至魔，別說掩飾傷痕，即便要變化成截然不同的模樣，也輕而易舉。

但白雪不准三將改變外貌，她要他們把那場大戰受的傷刻劃入骨、銘記在心，直到與那些傢伙「做個了結」為止。

白雪口中的「那些傢伙」，除了那些貓乩虎爺們，還有姜洛熙等神明乩身之外，還包括那個哄她付出一切，最終卻將她歸類進「多餘的東西」的窮多，以及那新上任的馴獸師小妘。

她要與所有看不順眼的傢伙們做個了結。

《陰間海港裡的千足怪》完

# 後記

在寫作這本故事時，我生活裡發生了許多事。

一邊咬牙放手與老媽永別，一邊數著日子準備迎接即將出世的女兒。

在二十年的寫作旅途中，我寫過無數關於生與死的點點滴滴，卻從未想過自己有天會這樣子踩在生與死的交界上，一下子哭一下子笑。

職業寫作是段漫長的旅途，旅途中不會一帆風順，有時遭風遇浪、有時災病纏身，有時就算風和日麗、無病無痛，也會碰上腦袋一片空白的時候。

作家寫作，不像拍電影、開演唱會那樣萬眾矚目，經年累月窩在電腦前埋頭苦幹，是悲是喜無人知曉，一部曠世鉅作或者屎尿爛作，都是在這樣看起來差不多的工作過程中孕育而出。

一部佳作的誕生，並非那麼理所當然，除了作家本身的能力與努力以外，有時也需要某些天時地利與人和。

讓我覺得慶幸的是，儘管這次寫作歷經風風雨雨，但我也在寫作的過程中，領悟出一些我自認相當寶貴的心得，這些心得究竟能對我往後的作品產生什麼影響，現在也真不好多說，只能千篇一律地請各位拭目以待了。

2024/12/28 於桃園龜山

星子

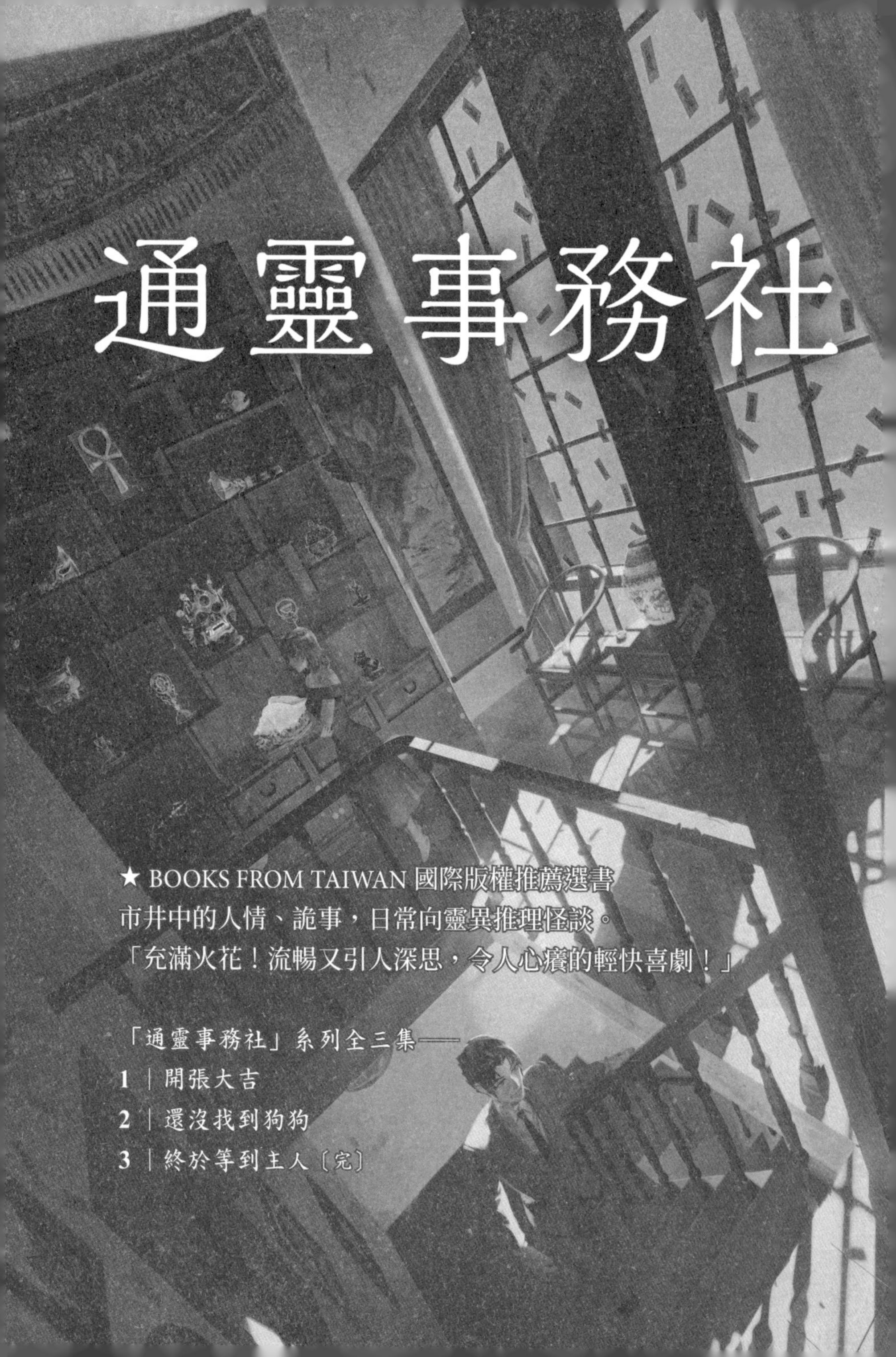
通靈事務社
★ BOOKS FROM TAIWAN 國際版權推薦選書
市井中的人情、詭事，日常向靈異推理怪談。
「充滿火花！流暢又引人深思，令人心癢的輕快喜劇！」
「通靈事務社」系列全三集──
1 ｜開張大吉
2 ｜還沒找到狗狗
3 ｜終於等到主人〔完〕

國家圖書館出版品預行編目資料

乩身. II：陰間海港裡的千足怪/星子(teensy)著. --
初版. --臺北市：蓋亞文化有限公司, 2025.02
面；　公分. -- (星子故事書房；TS041)

ISBN 978-626-384-171-0(第5冊：平裝)

863.57　　113020750

星子故事書房 TS041

乩身 II ⑤ 陰間海港裡的千足怪

作　　者 星子
封面插畫 布克
封面裝幀 莊謹銘
責任編輯 盧韻亘
總 編 輯 沈育如
發 行 人 陳常智
出 版 社 蓋亞文化有限公司
地址：台北市103大同區承德路二段75巷35號
電話：02-2558-5438　傳真：02-2558-5439
電子信箱：gaea@gaeabooks.com.tw
投稿信箱：editor@gaeabooks.com.tw
郵撥帳號 19769541　戶名：蓋亞文化有限公司
法律顧問 宇達經貿法律事務所
總 經 銷 聯合發行股份有限公司
地址：新北市新店區寶橋路二三五巷六弄六號二樓
電話：02-2917-8022　傳真：02-2915-6275
港澳地區 一代匯集
地址：九龍旺角塘尾道64號龍駒企業大廈10樓B&D室
電話：+852-2783-8102　傳真：+852-2396-0050
初版一刷 2025年2月
定　　價 新台幣320元
Published and printed in Taiwan

ISBN / 978-626-384-171-0
著作權所有・翻印必究
■本書如有裝訂錯誤或破損缺頁請寄回更換■

GAEA

GAEA